Patrick Modiano

PRIX NOBEL DE LITTÉRATURE

CHIEN DE PRINTEMPS

ROMAN

Éditions du Seuil

TEXTE INTÉGRAL

ISBN 978-2-02-025260-7
(ISBN 2-02-012897-7, 1re publication)

© Éditions du Seuil, octobre 1993

pour Dominique

Sonnettes, bras ballants, on ne vient pas jusqu'ici,
Sonnettes, portes ouvertes, rage de disparaître.
Tous les chiens s'ennuient
Quand le maître est parti.

Paul Eluard

J'ai connu Francis Jansen quand j'avais dix-neuf ans, au printemps de 1964, et je veux dire aujourd'hui le peu de choses que je sais de lui.

C'était tôt, le matin, dans un café de la place Denfert-Rochereau. Je m'y trouvais en compagnie d'une amie de mon âge, et Jansen occupait une table, en face de la nôtre. Il nous observait en souriant. Puis il a sorti d'un sac qui était posé sur la banquette en moleskine, à ses côtés, un Rolleiflex. Je me suis à peine rendu compte qu'il avait fixé sur nous son objectif, tant ses gestes étaient à la fois rapides et nonchalants. Il se servait donc d'un Rolleiflex, mais je serais incapable de préciser les papiers et les procédés de tirage qu'utilisait Jansen pour obtenir la lumière qui baignait chacune de ses photos.

Le matin de notre rencontre, je me souviens de lui avoir demandé, par politesse, quel était à son avis le meilleur appareil de photo. Il avait haussé les épaules et m'avait confié qu'en définitive il préférait ces appareils en plastique noir que l'on achète dans les magasins de jouets et qui lancent un jet d'eau si l'on presse le déclic.

Il nous avait offert un café et nous avait proposé de nous prendre encore comme modèles mais cette fois-ci dans la rue. Une revue américaine l'avait chargé d'illustrer un reportage sur la jeunesse à Paris, et voilà, il nous avait choisis tous les deux : c'était plus simple et ça irait plus vite et même s'ils n'étaient pas contents en Amérique, ça n'avait aucune importance. Il voulait se débarrasser de ce travail alimentaire. A notre sortie du café, nous marchions sous le soleil, et je l'ai entendu dire avec son accent léger :

– Chien de printemps.

Une réflexion qu'il devait souvent répéter, cette saison-là.

Il nous a fait asseoir sur un banc, et ensuite il

nous a placés devant un mur qu'ombrageait une rangée d'arbres, avenue Denfert-Rochereau. J'ai gardé l'une des photos. Nous sommes assis sur le banc, mon amie et moi. J'ai l'impression qu'il s'agit d'autres personnes que nous, à cause du temps qui s'est écoulé ou bien de ce qu'avait vu Jansen dans son objectif et que nous n'aurions pas vu à cette époque si nous nous étions plantés devant un miroir : deux adolescents anonymes et perdus dans Paris.

*

Nous l'avons raccompagné à son atelier tout près de là, rue Froidevaux. J'ai senti qu'il éprouvait de l'appréhension à se retrouver seul.

L'atelier était au rez-de-chaussée d'un immeuble et l'on y accédait directement par une porte, sur la rue. Une vaste pièce aux murs blancs dans le fond de laquelle un petit escalier montait jusqu'à une mezzanine. Un lit occupait tout l'espace de la mezzanine. La pièce n'était meublée que d'un canapé gris et de deux fauteuils de la même couleur. A côté de la cheminée en brique, trois valises de cuir marron empilées les unes sur les autres. Rien sur les murs. Sauf deux photos. La plus grande, celle d'une femme, une certaine Colette Laurent comme je devais l'apprendre par la suite. Sur l'autre, deux hommes – dont l'un était Jansen, plus jeune – étaient assis côte à côte, dans une baignoire éventrée, parmi des ruines. Malgré ma timidité, je n'avais pu m'empêcher de demander à Jansen des explications. Il m'avait répondu que c'était lui, avec son ami Robert Capa, à Berlin, en août 1945.

Avant cette rencontre, le nom de Jansen m'était inconnu. Mais je savais qui était Robert Capa pour avoir vu ses photos de la guerre d'Espagne et lu un article sur sa mort en Indochine.

Les années ont passé. Loin de brouiller l'image de Capa et de Jansen, elles ont eu l'effet inverse : cette image est beaucoup plus nette dans ma mémoire qu'elle ne l'était ce printemps-là.

Sur la photo, Jansen apparaissait comme une sorte de double de Capa, ou plutôt un frère cadet que celui-ci aurait pris sous sa protection. Autant

Capa, avec ses cheveux très bruns, son regard noir, et la cigarette qui lui pendait au coin des lèvres, respirait la hardiesse et la joie de vivre, autant Jansen, blond, maigre, les yeux clairs, le sourire timide et mélancolique, ne semblait pas tout à fait à son aise. Et le bras de Capa, posé sur l'épaule de Jansen, n'était pas seulement amical. On aurait dit qu'il le soutenait.

Nous nous sommes assis sur les fauteuils et Jansen nous a proposé de boire un whisky. Il est allé au fond de la pièce et il a ouvert une porte qui donnait sur une ancienne cuisine qu'il avait transformée en chambre noire. Puis il est revenu vers nous :

— Je suis désolé mais il n'y a plus de whisky.

Il se tenait un peu raide, les jambes croisées, tout au bout du canapé, comme s'il était en visite. Nous ne rompions pas le silence, mon amie et moi. La pièce était très claire avec ses murs blancs. Les deux fauteuils et le canapé étaient disposés à une trop grande distance les uns des autres, ce qui donnait une sensation de vide. On aurait pu penser que Jansen n'habitait déjà plus cet endroit. Les trois valises, dont le cuir reflétait les rayons du soleil, suggéraient un départ imminent.

— Si cela vous intéresse, a-t-il dit, je vous montrerai les photos quand elles seront développées.

J'avais inscrit son numéro de téléphone sur un paquet de cigarettes. D'ailleurs, il était dans le Bottin, nous avait-il précisé. Jansen, 9 rue Froidevaux, Danton 75-21.

Il faut croire que parfois notre mémoire connaît un processus analogue à celui des photos Polaroïd. Pendant près de trente ans, je n'ai guère pensé à Jansen. Nos rencontres avaient eu lieu dans un laps de temps très court. Il a quitté la France au mois de juin 1964, et j'écris ces lignes en avril 1992. Je n'ai jamais eu de nouvelles de lui et j'ignore s'il est mort ou vivant. Son souvenir était resté en hibernation et voilà qu'il resurgit au début de ce printemps de 1992. Est-ce parce que j'ai retrouvé la photo de mon amie et moi, au dos de laquelle un tampon aux lettres bleues indique : *Photo Jansen. Reproduction interdite* ? Ou bien pour la simple raison que les printemps se ressemblent ?

Aujourd'hui, l'air était léger, les bourgeons

avaient éclaté aux arbres du jardin de l'Observatoire et le mois d'avril 1992 se fondait par un phénomène de surimpression avec celui d'avril 1964, et avec d'autres mois d'avril dans le futur. Le souvenir de Jansen m'a poursuivi l'après-midi et me poursuivrait toujours : Jansen demeurerait quelqu'un que j'avais à peine eu le temps de connaître.

Qui sait ? Un autre que moi écrira un livre sur lui, illustré par les photos qu'il retrouvera. Une collection de volumes noirs au format de poche est consacrée aux photographes célèbres. Pourquoi n'y figurerait-il pas ? Il en est digne. En attendant, si ces pages le sortent de l'oubli, j'en serai très heureux – un oubli dont il est responsable et qu'il a recherché délibérément.

Il me semble nécessaire de noter ici les quelques indications biographiques que j'ai rassemblées sur lui : il était né en 1920 à Anvers, et il avait à peine connu son père. Sa mère et lui avaient la nationalité italienne. Après quelques années d'études à Bruxelles, il quitta la Belgique pour Paris en 1938. Là, il travailla comme assis-

tant de plusieurs photographes. Il fit la connaissance de Robert Capa. Celui-ci l'entraîna, en
janvier 1939, à Barcelone et à Figueras où ils
suivirent l'exode des réfugiés espagnols vers la
frontière française. En juillet de la même année,
il couvrit avec Capa le Tour de France. A la
déclaration de guerre, Capa lui proposa de partir
pour les États-Unis et obtint deux visas. Jansen,
au dernier moment, décida de rester en France.
Il passa les deux premières années de l'Occupation à Paris. Grâce à un journaliste italien, il
travailla pour le service photographique du
magazine *Tempo*. Mais cela ne lui évita pas
d'être interpellé au cours d'une rafle et interné
comme Juif au camp de Drancy. Il y resta
jusqu'au jour où le consulat d'Italie réussit à
faire libérer ses ressortissants. Puis il se réfugia
en Haute-Savoie et il y attendit la fin de la
guerre. De retour à Paris, il y retrouva Capa et
l'accompagna à Berlin. Au cours des années suivantes, il travailla pour l'agence Magnum. Après
la mort de Capa et celle de Colette Laurent –
l'amie dont j'avais vu le portrait au mur de son

atelier – il se replia de plus en plus sur lui-même.

J'éprouve une gêne à donner ces détails, et j'imagine l'embarras de Jansen s'il les voyait notés noir sur blanc. C'était un homme qui parlait peu. Et il aura tout fait pour qu'on l'oublie, jusqu'à partir pour le Mexique en juin 1964 et ne plus donner signe de vie. Il me disait souvent : « Quand j'arriverai là-bas, je vous enverrai une carte postale pour vous indiquer mon adresse. » Je l'ai attendue vainement. Je doute qu'il tombe un jour sur ces pages. Si cela se produisait, alors je recevrais la carte postale, de Cuernavaca ou d'ailleurs, avec ces simples mots : TAISEZ-VOUS.

Mais non, je ne recevrais rien. Il me suffit de regarder l'une de ses photos pour retrouver la qualité qu'il possédait dans son art et dans la vie et qui est si précieuse mais si difficile à acquérir : garder le silence. Un après-midi je lui avais rendu visite et il m'avait donné la photo de mon amie et moi, sur le banc. Il m'avait demandé ce que je comptais faire plus tard et je lui avais répondu :

– Écrire.

Cette activité lui semblait être « la quadrature du cercle » – le terme exact qu'il avait employé. En effet, on écrit avec des mots, et lui, il recherchait le silence. Une photographie peut exprimer le silence. Mais les mots ? Voilà ce qui aurait été intéressant à son avis : réussir à créer le silence avec des mots. Il avait éclaté de rire :

– Alors, vous allez essayer de faire ça ? Je compte sur vous. Mais surtout, que ça ne vous empêche pas de dormir…

De tous les caractères d'imprimerie, il m'avait dit qu'il préférait les points de suspension.

Je l'avais questionné au sujet des photos qu'il avait prises depuis près de vingt-cinq ans. Il m'avait désigné les trois valises de cuir, empilées les unes sur les autres.

— J'ai tout mis là-dedans... Si ça vous intéresse...

Il s'était levé et, d'un geste nonchalant, il avait ouvert la valise du dessus. Elle était remplie à ras bord et quelques photos étaient tombées. Il ne les avait même pas ramassées. Il avait fouillé à l'intérieur, et d'autres photos débordaient de la valise et s'éparpillaient sur le sol. Il avait fini par trouver un album qu'il m'avait tendu.

— Tenez... j'ai fait ça quand j'avais à peu près votre âge... Ça doit être le seul exemplaire qui reste au monde... Je vous le donne...

Il s'agissait de *Neige et Soleil*, publié en Suisse, à Genève, par les Éditions de La Colombière en 1946.

J'avais ramassé les photos qui étaient par terre et les avais rangées dans la valise. Je lui avais dit que c'était dommage de laisser tout en vrac, comme ça, et qu'il aurait fallu classer et répertorier le contenu de ces trois valises. Il m'avait regardé, l'air surpris :

– Vous n'aurez pas le temps... Je dois partir le mois prochain au Mexique.

Je pouvais toujours essayer de mener cette tâche à bien. Je n'avais rien d'autre à faire pendant la journée puisque j'avais abandonné mes études et que j'avais gagné un peu d'argent – de quoi vivre un an – grâce à la vente de meubles, de tableaux, de tapis et de livres d'un appartement abandonné.

Je ne saurai jamais ce que Jansen avait pensé de mon initiative. Je crois qu'elle le laissait indifférent. Mais il m'avait confié un double de la clé de son atelier afin que je vienne poursuivre mon travail quand il était absent. J'étais souvent seul dans la grande pièce aux murs blancs. Et chaque fois que Jansen rentrait il paraissait étonné de me voir. Un soir que je triais les photos, il s'était assis sur le canapé et m'observait sans rien dire. Enfin, il m'avait posé cette question :

– Pourquoi vous faites ça ?

Ce soir-là, il semblait brusquement intrigué par ma démarche. Je lui avais répondu que ces photos avaient un intérêt documentaire puisqu'elles témoignaient de gens et de choses disparus. Il avait haussé les épaules.

– Je ne supporte plus de les voir…

Il avait pris un ton grave que je ne lui connaissais pas :

– Vous comprenez, mon petit, c'est comme si chacune de ces photos était pour moi un remords… Il vaut mieux faire table rase…

Quand il employait une expression bien française : « la quadrature du cercle » ou « table rase », son accent devenait plus fort.

Il avait quarante-quatre ans à l'époque et je comprends mieux maintenant son état d'esprit.

Il aurait voulu oublier « tout ça », être frappé d'amnésie… Mais il n'avait pas toujours été dans ces dispositions-là. En effet, derrière chacune des photos, il avait écrit une légende très détaillée qui indiquait la date à laquelle cette photo avait été prise, le lieu, le nom de celui ou celle qui y figurait, et même s'y ajoutaient certains commentaires. Je lui en avais fait l'observation.

– Je devais être aussi maniaque que vous en ce temps-là… Mais j'ai beaucoup changé, depuis…

Le téléphone avait sonné, et il m'avait dit la phrase habituelle :

– Vous leur expliquez que je ne suis pas là…

Une voix de femme. Elle avait déjà appelé plusieurs fois. Une certaine Nicole.

C'était toujours moi qui répondais. Jansen ne voulait même pas savoir le nom de la personne qui avait téléphoné. Et je l'imaginais seul, assis tout au bout du canapé, écoutant les sonneries qui se succédaient dans le silence.

Quelquefois, on sonnait à la porte. Jansen m'avait prié de ne jamais ouvrir, car les « gens » – il employait ce terme vague – risquaient d'entrer et de l'attendre dans l'atelier. A chaque sonnerie, je me cachais derrière le canapé pour qu'on ne puisse pas me voir à travers la baie vitrée qui donnait sur la rue. Tout à coup, il me semblait avoir pénétré par effraction dans l'atelier et je craignais que ceux qui sonnaient, s'apercevant d'une présence suspecte, n'avertissent le commissariat de police le plus proche.

Le « dernier carré » – comme il le disait lui-même – venait le relancer. En effet, j'avais remarqué qu'il s'agissait toujours des mêmes personnes. Cette Nicole, et aussi « les Meyendorff » comme les nommait Jansen : l'homme ou la femme demandait que Jansen « rappelle très vite ». Je notais les noms sur une feuille de papier et je lui transmettais les messages, malgré sa totale indifférence à ce sujet. J'ai retrouvé parmi d'autres souvenirs l'une de ces feuilles où sont inscrits les noms de Nicole, des Meyendorff et de deux autres personnes qui téléphonaient souvent : Jacques Besse et Eugène Deckers.

Jansen employait le terme « dernier carré » car le champ de ses relations s'était peu à peu rétréci au cours des années précédentes. J'avais fini par comprendre que la mort de Robert Capa et celle de Colette Laurent à quelque temps d'intervalle avaient produit une cassure dans sa vie.

De Colette Laurent, je ne savais pas grand-chose. Elle figurait sur de nombreuses photos de Jansen et celui-ci ne l'évoquait qu'à demi-mot.

Vingt ans plus tard, j'ai appris que j'avais croisé cette femme dans mon enfance et que j'aurais pu en parler moi aussi à Jansen. Mais je ne l'avais pas reconnue sur les photos. Il ne m'était resté d'elle qu'une impression, un parfum, des cheveux châtains, et une voix douce qui m'avait demandé si je travaillais bien en classe. Ainsi, certaines coïncidences risquent d'être ignorées de nous, certaines personnes sont apparues dans notre vie à plusieurs reprises et nous ne nous en doutions même pas.

Un printemps plus lointain encore que celui où j'ai connu Jansen, j'avais une dizaine d'années et je marchais avec ma mère quand nous avions rencontré une femme, au coin de la rue Saint-Guillaume et du boulevard Saint-Germain. Nous faisions les cent pas et ma mère et elle parlent ensemble. Leurs paroles se sont perdues dans la nuit des temps mais je m'étais souvenu du trottoir ensoleillé et de son prénom : Colette. Plus tard, j'avais entendu dire qu'elle était morte dans des circonstances troubles, au cours d'un voyage à l'étranger, et cela m'avait frappé. Il aura fallu attendre des dizaines d'années pour qu'un lien apparaisse entre deux moments de ma vie : cet après-midi au coin de la rue Saint-Guillaume et mes visites à l'atelier de Jansen, rue Froidevaux. Une demi-heure de marche d'un point à un autre, mais une si longue distance dans le temps... Et le lien, c'était Colette Laurent, dont j'ignore presque tout, sinon qu'elle avait beaucoup compté pour Jansen et qu'elle avait mené une vie chaotique. Elle était venue très jeune à Paris, d'une lointaine province.

Tout à l'heure, j'essayais d'imaginer sa première journée à Paris et j'avais la certitude que c'était une journée semblable à celle d'aujourd'hui où de grandes éclaircies succèdent aux giboulées. Un vent atlantique agite les branches des arbres et fait se retourner l'étoffe des parapluies. Les passants s'abritent sous les portes cochères. On entend les cris des mouettes. Le long du quai d'Austerlitz, le soleil brillait sur les trottoirs mouillés et les grilles du jardin des Plantes. Elle traversait pour la première fois cette ville lavée à grande eau et chargée de promesses. Elle venait d'arriver à la gare de Lyon.

*

Encore un souvenir qui remonte à mon enfance, concernant Colette Laurent. Mes parents louaient, l'été, un minuscule bungalow à Deauville, près de l'avenue de la République. Colette Laurent était arrivée un soir à l'improviste. Elle paraissait très fatiguée. Elle s'était enfermée dans le petit salon et y avait dormi pendant deux jours de suite. Nous parlions à voix basse, ma mère et moi, pour ne pas la déranger.

Le matin de son réveil, elle avait voulu m'emmener à la plage. Je marche à côté d'elle, sous les arcades. A la hauteur de la librairie Chez Clément Marot, nous traversons la rue. Elle a posé sa main sur mon épaule. Au lieu de continuer à marcher tout droit vers la plage, elle m'entraîne jusqu'à l'hôtel Royal. Devant l'entrée de celui-ci, elle me dit :

— Tu demandes au monsieur du comptoir s'il a une lettre pour Colette...

J'entre dans le hall et je demande en bredouillant au concierge s'il a « une lettre pour Colette ». Il ne semble pas surpris de ma question. Il me tend une enveloppe marron très grande et très épaisse sur laquelle est inscrit son nom à l'encre bleue : COLETTE.

Je sors de l'hôtel et je lui donne l'enveloppe. Elle l'ouvre et regarde à l'intérieur. Je me demande encore aujourd'hui ce qu'elle contenait.

Puis elle m'accompagne jusqu'à la plage.

Nous nous asseyons sur des transats, près du bar du Soleil. A cette heure-là, il n'y a personne d'autre que nous deux.

J'avais acheté deux cahiers rouges de marque Clairefontaine, l'un pour moi, l'autre pour Jansen, afin que le répertoire des photos fût établi en double exemplaire. Je craignais qu'au cours de son voyage vers le Mexique il n'égarât le fruit de mon travail, par indifférence ou distraction. Je préférais donc conserver un double de celui-ci. Aujourd'hui, il me cause une drôle de sensation lorsque j'en feuillette les pages : celle de consulter un catalogue très détaillé de photos imaginaires. Quel a été leur sort, si l'on n'est même pas certain de celui de leur auteur ? Jansen a-t-il emmené avec lui les trois valises, ou bien a-t-il tout détruit avant son départ ? Je lui avais demandé ce qu'il comptait faire de ces trois valises et il m'avait dit qu'elles l'encombraient et qu'il ne voulait surtout pas avoir « un excédent de bagages ». Mais il ne m'a pas proposé de les garder avec moi à Paris. Au mieux, elles achèvent de pourrir maintenant dans quelque faubourg de Mexico.

Un soir que j'étais resté dans l'atelier plus tard que d'habitude, il était rentré et m'avait surpris à l'instant où je recopiais dans le deuxième cahier ce que j'avais déjà noté dans le premier. Il s'était penché au-dessus de mon épaule :

– C'est un travail de bénédictin, mon petit... Vous n'êtes pas trop fatigué ?

Je sentais une pointe d'ironie dans sa voix.

– Si j'étais vous, je pousserais les choses encore plus loin... Je ne me contenterais pas des deux cahiers... Je ferais un répertoire général où seraient mentionnés par ordre alphabétique les noms et les lieux qui figurent sur ces photos...

Il souriait. J'étais déconcerté. J'avais l'impression qu'il se moquait de moi. Le lendemain, je commençais à dresser le répertoire dans un grand agenda par ordre alphabétique. J'étais assis sur le canapé, parmi les piles de photos que je sortais au fur et à mesure des valises, et j'écrivais tour à tour sur les deux cahiers et sur l'agenda. Cette fois-ci, le sourire de Jansen s'était figé et il me considérait avec stupéfaction.

– Je plaisantais, mon petit… Et vous m'avez pris au pied de la lettre…

Moi, je ne plaisantais pas. Si je m'étais engagé dans ce travail, c'est que je refusais que les gens et les choses disparaissent sans laisser de trace. Mais pouvons-nous jamais nous y résoudre ? Et Jansen, après tout, avait manifesté le même souci. En consultant le répertoire que j'ai gardé, je m'aperçois qu'un grand nombre de ses photos étaient des photos de Paris ou des portraits. Il avait inscrit au dos des premières l'endroit où il les avait prises, sinon il m'aurait été souvent difficile de les localiser. On y voyait des escaliers, des bords de trottoir, des caniveaux, des bancs, des affiches lacérées sur des murs ou des palissades. Aucun goût pour le pittoresque mais tout simplement son regard à lui, un regard dont je me rappelle l'expression triste et attentive.

J'avais découvert, parmi les photos, sur une feuille de papier à lettres, quelques notes écrites par Jansen et intitulées : « La lumière naturelle ». Il s'agissait d'un article que lui avait demandé une revue de cinéma, car il avait servi de conseiller technique bénévole à certains jeunes metteurs en scène du début des années soixante en leur apprenant à utiliser les floods des opérateurs américains d'actualités pendant la guerre. Pourquoi ces notes m'avaient-elles tant frappé à l'époque ? Depuis lors, je me suis rendu compte à quel point il est difficile de trouver ce que Jansen appelait la « lumière naturelle ».

Il m'avait expliqué qu'il lacérait lui-même les affiches dans les rues pour qu'apparaissent celles que les plus récentes avaient recouvertes. Il décollait leurs lambeaux couche par couche et les photographiait au fur et à mesure avec minutie, jusqu'aux derniers fragments de papier qui subsistaient sur la planche ou la pierre.

J'avais numéroté les photos selon leur ordre chronologique :

325. *Palissade de la rue des Envierges.*
326. *Mur rue Gasnier-Guy.*
327. *Escalier de la rue Lauzin.*
328. *Passerelle de la Mare.*
329. *Garage de la rue Janssen.*
330. *Emplacement de l'ancien cèdre au coin des rues Alphonse-Daudet et Leneveux.*
331. *Pente de la rue Westermann.*
332. *Colette. Rue de l'Aude.*

J'avais dressé la liste des noms de ceux dont Jansen avait fait les portraits. Il les avait abordés dans la rue, dans des cafés, au hasard d'une promenade.

La mienne, aujourd'hui, m'a entraîné jusqu'à l'orangerie du jardin du Luxembourg. J'ai traversé la zone d'ombre sous les marronniers, vers les tennis. Je me suis arrêté devant le terrain du jeu de boules. Quelques hommes disputaient une partie. Mon attention s'est fixée sur le plus grand d'entre eux, qui portait une chemise blanche. Une photo de Jansen m'est revenue en mémoire, au dos de laquelle était écrite cette indication que j'avais recopiée sur le répertoire : *Michel L.* *Quai de Passy. Date indéterminée.* Un jeune homme en chemise blanche était accoudé au marbre d'une cheminée dans un éclairage trop concerté.

Jansen se souvenait très bien des circonstances dans lesquelles il avait fait cette photo. Il n'avait plus un sou et Robert Capa, qui connaissait toutes sortes de gens, lui avait trouvé un travail très facile et très bien rémunéré. Il s'agissait d'aller chez une Américaine, quai de Passy, avec tout le matériel nécessaire aux photos de studio.

Jansen avait été surpris par le luxe, l'immensité et les terrasses de l'appartement. L'Américaine était une femme d'une cinquantaine d'années à la beauté encore éclatante mais qui aurait pu être la mère du jeune Français qui lui tenait compagnie. C'était lui que Jansen devait photographier. L'Américaine voulait plusieurs portraits de ce « Michel L. », dans le style des photographes de Hollywood. Jansen avait installé les projecteurs comme s'il était familier de ce genre de travail. Et il avait vécu pendant six mois avec l'argent que lui avaient rapporté les photos de « Michel L. ».

Plus j'observais l'homme qui se préparait à lancer sa boule, plus j'étais persuadé de reconnaître en lui « Michel L. ». Ce qui m'avait frappé sur la photo, c'étaient les yeux à fleur de peau et bridés vers les tempes, qui donnaient à « Michel L. » un regard étrange, à facettes, et laissaient supposer que son angle de vision était plus large que la normale. Et cet homme, là, devant moi, avait les mêmes yeux bridés vers les tempes et la même silhouette que « Michel L. ». La chemise blanche accentuait encore la ressemblance, malgré les cheveux gris et le visage empâté.

Le terrain était cerné par une grille et je n'osais pas franchir cette frontière et troubler la partie. Il y avait un écart de plus de quarante ans entre le « Michel L. » qui s'était fait photographier par Jansen et le joueur de boules d'aujourd'hui.

Il s'est approché de la grille tandis que l'un de ses compagnons lançait sa boule. Il me tournait le dos.

– Pardon, monsieur…

Ma voix était si blanche qu'il ne m'a pas entendu.

– Pardon, monsieur… Je voudrais vous demander un renseignement…

Cette fois-ci, j'avais parlé beaucoup plus fort et articulé les syllabes. Il s'est retourné. Je me suis campé bien droit devant lui.

– Vous avez connu le photographe Francis Jansen ?

Ses yeux étranges semblaient fixer quelque chose à l'horizon.

– Vous dites ?

– Je voulais savoir si vous vous êtes fait photographier dans le temps par le photographe Francis Jansen ?

Mais, là-bas, une discussion éclatait entre les autres. L'un d'eux venait nous rejoindre :

– Lemoine… c'est à toi…

Maintenant, j'avais l'impression qu'il regardait de côté et qu'il ne me voyait plus. Pourtant, il m'a dit :

– Excusez-moi… Je dois pointer…

Il se mettait en position et lançait la boule. Les autres s'exclamaient. Ils l'entouraient. Je ne comprenais pas les règles de ce jeu mais je crois qu'il avait gagné la partie. En tout cas, il m'avait complètement oublié.

Je regrette aujourd'hui de n'avoir pas pris
quelques photos dans les valises. Jansen ne s'en
serait même pas aperçu. D'ailleurs, si je lui avais
demandé de m'offrir toutes celles qui m'intéres-
saient, je suis sûr qu'il aurait accepté.

Et puis, sur le moment, on ne pense jamais à
poser les questions qui auraient provoqué des
confidences. Ainsi, par discrétion, j'évitais de
lui parler de Colette Laurent. Cela aussi, je le
regrette.

La seule photo que j'aie gardée, c'est justement une photo d'elle. J'ignorais encore que je
l'avais connue une dizaine d'années auparavant
mais son visage devait quand même me rappeler
quelque chose.

La photo porte la mention : *Colette. 12, hameau*

du Danube. Quand le jour se prolonge jusqu'à dix heures du soir, à cause de l'heure d'été, et que le bruit de la circulation s'est tu, j'ai l'illusion qu'il suffirait que je retourne dans les quartiers lointains pour retrouver ceux que j'ai perdus et qui sont demeurés là-bas : hameau du Danube, poterne des Peupliers ou rue du Bois-des-Caures. Elle s'appuie du dos contre la porte d'entrée d'un pavillon, les mains dans les poches de son imperméable. Chaque fois que je regarde cette photo, j'éprouve une sensation douloureuse. Le matin, vous essayez de vous rappeler le rêve de la nuit, et il ne vous en reste que des lambeaux que vous voudriez rassembler mais qui se volatilisent. Moi, j'ai connu cette femme dans une autre vie et je fais des efforts pour m'en souvenir. Un jour, peut-être, parviendrai-je à briser cette couche de silence et d'amnésie.

Jansen était de moins en moins souvent dans l'atelier. Vers sept heures du soir, il me téléphonait :

– Allô… le Scribe ?

Il m'avait donné ce surnom. Il me demandait s'il n'y avait pas eu de coup de sonnette et s'il pouvait rentrer en toute tranquillité sans tomber sur un visiteur impromptu. Je le rassurais. Juste une communication téléphonique des Meyendorff au début de l'après-midi. Non, pas de nouvelles de Nicole.

– Alors, j'arrive, me disait-il. A tout de suite, le Scribe.

Parfois, il rappelait, au bout d'une demi-heure :

– Vous êtes sûr que Nicole n'est pas dans les parages ? Je peux vraiment rentrer ?

J'avais interrompu mon travail et je l'attendais encore quelque temps. Mais il ne venait pas. Alors, je quittais l'atelier. Je suivais la rue Froidevaux, le long du cimetière. Ce mois-là, les arbres avaient retrouvé leurs feuillages et je craignais que cette Nicole ne se cachât derrière l'un d'eux, pour épier le passage de Jansen. A ma vue, elle marcherait vers moi et me demanderait où il était. Elle pouvait aussi se tenir en faction au coin des petites rues qui débouchaient sur le trottoir de gauche et me suivre à distance dans l'espoir que je la mènerais à lui. Je marchais d'un pas rapide et me retournais furtivement. Au début, à cause de ce que m'en disait Jansen, je considérais Nicole comme un danger.

Un après-midi, elle est venue sonner à l'atelier en l'absence de Jansen et j'ai brusquement décidé de lui ouvrir. J'étais gêné de lui répondre toujours au téléphone que Jansen n'était pas là.

Quand elle m'a vu dans l'entrebâillement de la porte, une expression de surprise inquiète a traversé son regard. Peut-être a-t-elle cru, un instant, que Jansen était parti pour de bon et qu'un nouveau locataire occupait maintenant l'atelier.

Je l'ai tout de suite rassurée. Oui, c'était bien moi qui répondais au téléphone. Oui, j'étais un ami de Francis.

Je l'ai fait entrer et nous nous sommes assis tous les deux, elle sur le canapé, moi sur l'un des fauteuils. Elle avait remarqué les deux cahiers, le grand agenda, les valises ouvertes et les piles de photos. Elle m'a demandé si je travaillais pour Francis.

— J'essaye de dresser un catalogue de toutes les photos qu'il a prises.

Elle a hoché gravement la tête.

— Ah oui... Vous avez raison... C'est très bien...

Il y a eu un instant de gêne entre nous. Elle a rompu le silence :

— Vous ne savez pas où il est ?

Elle l'avait dit d'un ton à la fois timide et précipité.

— Non... Il vient de moins en moins ici...

Elle a sorti de son sac un étui à cigarettes qu'elle ouvrait puis refermait. Elle m'a regardé droit dans les yeux :

— Vous ne pourriez pas intervenir pour moi et lui demander de m'accorder une dernière entrevue ?

Elle a eu un rire bref.

— Cela fait longtemps que vous le connaissez ? ai-je dit.

— Six mois.

J'aurais aimé en savoir plus long. Avait-elle partagé la vie de Jansen ?

Elle jetait des regards curieux autour d'elle comme si elle n'était pas venue ici depuis une éternité et qu'elle voulait constater les changements. Elle devait avoir environ vingt-cinq ans. Elle était brune et ses yeux d'une couleur claire : vert pâle ou gris ?

— C'est un drôle de type, a-t-elle dit. Il est très gentil et puis, d'un jour à l'autre, il disparaît... Vous aussi, il vous a fait ce coup-là ?

Je lui ai répondu que, souvent, je ne savais pas où il était.

— Depuis quinze jours, il ne veut plus me voir ni me parler au téléphone.

— Je ne crois pas que cela soit de la méchanceté de sa part, ai-je dit.

— Non... non... Je sais... Ça lui arrive de temps en temps... Il a des absences... Il fait le mort... Et puis il réapparaît...

Elle a sorti une cigarette de son étui et me l'a tendue. Je n'ai pas osé lui dire que je ne fumais pas. Elle en a pris une, elle aussi. Puis elle a allumé la mienne avec un briquet. J'ai aspiré une bouffée et j'ai toussé.

– Comment vous expliquez ça? m'a-t-elle demandé brusquement.

– Quoi?

– Cette manie qu'il a de faire le mort?

J'ai hésité un instant. Puis j'ai dit :

– C'est peut-être à cause de certains événements de sa vie…

Mon regard est venu se poser sur la photo de Colette Laurent accrochée au mur. Elle aussi avait environ vingt-cinq ans.

– Je vous dérange peut-être dans votre travail…

Elle était sur le point de se lever et de partir. Elle me tendrait la main et me confierait certainement un nouveau message inutile pour Jansen. Je lui ai dit :

– Mais non… Restez encore un moment… On ne sait jamais… Il peut revenir d'un instant à l'autre…

– Et vous croyez qu'il sera content de me voir ici?

Elle me souriait. Pour la première fois depuis qu'elle était entrée dans l'atelier, elle faisait vraiment attention à moi. Jusque-là, j'étais dans l'ombre de Jansen.

— Vous prenez ça sous votre responsabilité ?

— Sous mon entière responsabilité, lui ai-je dit.

— Alors, il risque d'avoir une mauvaise surprise.

— Mais non. Je suis sûr qu'il sera très content de vous voir. Il a tendance à se replier sur lui-même.

Je devenais volubile tout à coup, pour cacher ma timidité et mon embarras car elle me fixait de ses yeux clairs. J'ai ajouté :

— Si on ne lui force pas la main, il risque de faire le mort pour de bon.

J'ai refermé les cahiers et l'agenda qui traînaient par terre et rangé les piles de photos dans l'une des valises.

— Vous l'avez connu comment ? lui ai-je demandé.

— Oh… par hasard… tout près d'ici… dans un café…

Était-ce le même café de Denfert-Rochereau où nous l'avions rencontré, mon amie et moi ?

Elle a froncé les sourcils, des sourcils bruns, qui contrastaient avec ses yeux clairs.

– Quand j'ai su son métier je lui ai demandé de faire des photos de moi… J'en avais besoin pour mon travail… Il m'a emmenée ici… Et il m'a fait de très belles photos…

Elles ne m'étaient pas encore tombées sous la main. Les plus récentes de celles que j'avais déjà répertoriées dataient de 1954. Peut-être n'avait-il rien conservé à partir de cette année-là.

– Alors, si je comprends bien, il vous a engagé comme secrétaire ?

Elle me fixait toujours de ses yeux transparents.

– Pas du tout, lui ai-je dit. Il n'a plus besoin d'un secrétaire. Il exerce de moins en moins son métier.

La veille, il m'avait invité dans un petit restaurant proche de l'atelier. Il portait son Rolleiflex. A la fin du repas, il l'avait posé sur la table et il m'avait déclaré que c'était fini, il ne voulait plus s'en servir. Il m'en faisait cadeau. Je lui avais dit que c'était vraiment dommage.

« Il faut savoir s'arrêter à temps. »

Il avait bu plus que d'habitude. Pendant le repas, il avait vidé une bouteille de whisky mais cela se voyait à peine : juste un peu de brume dans le regard et une manière plus lente de parler.

« Si je continue, vous aurez du travail en plus pour votre catalogue. Et vous ne croyez pas que ça suffit comme ça ? »

Je l'avais raccompagné jusqu'à un hôtel du boulevard Raspail où il avait pris une chambre. Il ne voulait pas rentrer à l'atelier. D'après lui, cette « petite » était capable de l'attendre à la porte. Et, vraiment, elle perdait son temps avec « un type de son genre… ».

Elle était assise, là, devant moi, sur le canapé. Déjà sept heures du soir et le jour baissait.

– Vous croyez qu'il viendra aujourd'hui ? m'a-t-elle demandé.

J'étais sûr que non. Il irait dîner seul dans le quartier, puis il regagnerait sa chambre d'hôtel boulevard Raspail. A moins qu'il ne me téléphone d'un instant à l'autre pour me donner rendez-vous au restaurant. Et si je lui avouais que cette Nicole était là, quelle serait sa réaction ? Il penserait aussitôt qu'elle avait pris l'écouteur. Alors il ferait semblant de téléphoner de Bruxelles ou de Genève et il accepterait même de lui parler. Il lui dirait que son séjour là-bas risquait de se prolonger.

Mais le téléphone n'a pas sonné. Nous étions assis l'un en face de l'autre dans le silence.

— Je peux encore l'attendre ?

— Tant que vous voudrez...

La pièce était envahie de pénombre et je me suis levé pour allumer l'électricité. Quand elle m'a vu appuyer sur le commutateur, elle m'a dit :

— Non... N'allumez pas...

Je suis venu me rasseoir sur le canapé. J'ai eu la sensation qu'elle avait oublié ma présence. Puis elle a levé la tête vers moi :

— Je vis avec quelqu'un qui est très jaloux et qui risque de venir sonner s'il voit de la lumière...

53

Je restais muet. Je n'osais pas lui proposer d'ouvrir la porte et d'expliquer à ce visiteur éventuel qu'il n'y avait personne dans l'atelier.

Comme si elle avait deviné ma pensée, elle m'a dit :

– Il est capable de vous bousculer et d'entrer pour vérifier si je ne suis pas là... Et même de vous casser la figure...

– C'est votre mari ?

– Oui.

Elle m'a raconté qu'un soir Jansen l'avait invitée à dîner dans un restaurant du quartier. Son mari les avait surpris, par hasard. Il avait marché droit vers leur table et l'avait giflée, elle, du revers de la main. Deux gifles qui l'avaient fait saigner à la commissure des lèvres. Puis il s'était esquivé avant que Jansen ait pu intervenir. Il les avait attendus sur le trottoir. Il marchait loin derrière eux et les suivait le long de cette rue bordée d'arbres et de murs interminables qui coupe le cimetière Montparnasse. Elle était entrée dans l'atelier avec Jansen et son mari était resté planté pendant près d'une heure devant la porte.

Elle pensait que depuis cette mésaventure Jansen éprouvait une réticence à la revoir. Lui si calme, si désinvolte, je mesurais quel avait pu être son malaise, ce soir-là.

Elle m'a expliqué que son mari était plus âgé qu'elle de dix ans. Il était mime et il passait dans ce qu'on appelait alors les cabarets « rive gauche ». Je l'ai vu par la suite, deux ou trois fois, rôdant l'après-midi rue Froidevaux pour surprendre Nicole à la sortie de l'atelier. Il me dévisageait avec insolence. Un brun assez grand, à l'allure romantique. Un jour, je m'étais avancé vers lui : « Vous cherchez quelqu'un ? – Je cherche Nicole. »

Une voix théâtrale, légèrement nasillarde. Dans son allure et son regard, il jouait de sa vague ressemblance avec l'acteur Gérard Philipe. Il était habillé d'une sorte de redingote noire et portait une très longue écharpe dénouée. Je lui avais dit : « Quelle Nicole ? Il y a tellement de Nicole... »

Il m'avait jeté un regard méprisant puis il avait fait demi-tour en direction de la place Denfert-Rochereau, d'une démarche affectée, comme s'il sortait de scène, son écharpe flottant au vent.

Elle a consulté sa montre-bracelet dans la pénombre.

– Ça va... Vous pouvez allumer... Nous ne risquons plus rien... Il doit commencer son numéro à l'École buissonnière...

– L'École buissonnière ?

– C'est un cabaret. Il en fait deux ou trois chaque nuit.

De son nom de scène, il s'appelait le Mime Gil et il exécutait un numéro sur des poèmes de Jules Laforgue et de Tristan Corbière en fond sonore. Il lui avait fait enregistrer les poèmes, de sorte que c'était sa voix à elle qu'on entendait chaque soir tandis qu'il évoluait dans une lumière de clair de lune.

Elle me disait que son mari était très brutal. Il voulait la convaincre qu'une femme se devait « corps et âme » à un « artiste », quand elle partageait sa vie. Il lui faisait des scènes de jalousie

56

pour les motifs les plus futiles, et cette jalousie était devenue encore plus maladive depuis qu'elle connaissait Jansen.

Vers dix heures, il quitterait l'École buissonnière pour le cabaret de la Vieille Grille, rue du Puits-de-l'Ermite, une valise à la main. Elle contenait son unique accessoire : le magnétophone sur les bandes duquel étaient enregistrés les poèmes.

Et Jansen, où était-il, à mon avis ? Je lui ai répondu que vraiment je n'en savais rien. Un instant, pour me rendre intéressant, j'ai voulu lui indiquer l'hôtel du boulevard Raspail mais je me suis tu. Elle m'a proposé de l'accompagner jusqu'à son domicile. Il valait mieux qu'elle soit rentrée avant l'arrivée de son mari. Elle m'a de nouveau parlé de lui. Bien sûr, elle n'éprouvait plus aucune estime à son égard, elle jugeait même ridicules sa jalousie et ses prétentions d'« artiste », mais je sentais bien qu'elle en avait peur. Il rentrait toujours à onze heures et demie pour vérifier si elle était bien là. Ensuite, il repartait vers le dernier cabaret où il faisait son

57

numéro, un établissement du quartier de la Contrescarpe. Là-bas il restait jusqu'à deux heures du matin, et il obligeait Nicole à l'accompagner.

Nous suivions l'avenue Denfert-Rochereau sous les arbres et elle me posait des questions au sujet de Jansen. Et moi, je lui répondais de manière évasive : oui, il voyageait à cause de son travail et il ne me donnait jamais de ses nouvelles. Puis il arrivait à l'improviste et disparaissait le jour même. Un véritable courant d'air. Elle s'est arrêtée et elle a levé son visage vers moi :

– Écoutez… Un jour, s'il arrive dans l'atelier, vous ne pourriez pas me téléphoner en cachette ? Je viendrais tout de suite… Je suis sûre qu'il m'ouvrira la porte.

Elle sortait de la poche de son imperméable un bout de papier et me demandait si j'avais un stylo. Elle écrivait son numéro de téléphone :

– Appelez-moi à n'importe quelle heure du jour et de la nuit pour me prévenir.

– Et votre mari ?

– Oh… mon mari…

Elle a haussé les épaules. Apparemment, ce n'était pas un obstacle qui lui semblait insurmontable.

Elle cherchait à retarder ce qu'elle appelait « la rentrée en prison » et nous avons fait un détour à travers des rues qui évoquent pour moi aujourd'hui une studieuse province : Ulm, Rataud, Claude-Bernard, Pierre-et-Marie-Curie… Nous avons traversé la place du Panthéon, lugubre sous la lune, et je n'aurais jamais osé la franchir seul. Avec le recul des années, il me semble que le quartier était désert comme après un couvre-feu. D'ailleurs, cette soirée d'il y a presque trente ans revient souvent dans mes rêves. Je suis assis sur le canapé à côté d'elle, si distante que j'ai l'impression d'être en compagnie d'une statue. A force d'attendre, elle s'est sans doute pétrifiée. Une lumière estivale de fin de jour baigne l'atelier. Les photos de Robert Capa et de Colette Laurent ont été enlevées du mur. Plus personne n'habite ici. Jansen est parti au Mexique. Et nous, nous continuons à attendre pour rien.

*

Au bas de la montagne Sainte-Geneviève, nous nous sommes engagés dans une impasse : la rue d'Écosse. Il s'était mis à pleuvoir. Elle s'est arrêtée devant le dernier immeuble. La porte cochère était grande ouverte. Elle a posé un doigt sur ses lèvres et m'a entraîné dans le couloir de l'entrée. Elle n'a pas allumé la minuterie.

Il y avait un rai de lumière au bas de la première porte à gauche qui donnait sur le couloir.

– Il est déjà là, m'a-t-elle chuchoté à l'oreille. Je vais me faire tabasser.

Ce mot m'a surpris dans sa bouche. La pluie tombait de plus en plus fort.

– Je ne peux même pas vous prêter un parapluie…

Je gardais les yeux fixés sur le rai de lumière. J'avais peur de le voir sortir.

– Vous devriez rester dans le couloir en attendant la fin de l'averse… Après tout, mon mari ne vous connaît pas…

Elle me pressait la main.

— Si jamais Francis revient, vous me prévenez tout de suite… C'est promis ?

Elle a allumé la minuterie et elle a enfoncé la clé dans la serrure. Elle m'a lancé un dernier regard. Elle est entrée et je l'ai entendue dire d'une voix mal assurée :

— Bonjour, Gil.

L'autre restait silencieux. La porte s'est refermée. Avant que la minuterie s'éteigne, j'ai eu le temps de remarquer, au mur du couloir, leur boîte aux lettres parmi les autres. Il y était inscrit, en caractères rouges et contournés :

Nicole
et
Gil
Mime Poète

Le bruit d'un meuble qui tombait. Quelqu'un est venu se cogner contre la porte. La voix de Nicole :

— Laisse-moi…

On aurait dit qu'elle se débattait. L'autre demeurait toujours silencieux. Elle poussait un cri étouffé comme s'il l'étranglait. Je me suis demandé si je ne devais pas intervenir mais je restais immobile dans l'obscurité, sous le porche. La pluie avait déjà formé une flaque devant moi, au milieu du trottoir.

Elle a crié : « Laisse-moi », plus fort que la première fois. Je m'apprêtais à frapper contre la porte mais le rai de lumière s'est éteint. Au bout d'un instant, le crissement d'un sommier. Puis des soupirs et la voix rauque de Nicole qui disait encore :

– Laisse-moi.

Il continuait de pleuvoir pendant qu'elle poussait des plaintes saccadées et que j'entendais le crissement du sommier. Plus tard, la pluie n'était plus qu'une sorte de crachin.

J'allais franchir la porte cochère quand la minuterie s'est allumée derrière moi. Ils étaient tous les deux dans le couloir et il tenait à la main sa valise. Son bras gauche entourait l'épaule de Nicole. Ils sont passés, et elle a fait semblant de ne pas me connaître. Mais au bout de la rue elle s'est retournée et m'a adressé un léger signe de la main.

Un après-midi ensoleillé de mai, Jansen m'avait surpris dans mon travail. Je lui avais parlé de Nicole, et il m'écoutait d'un air distrait.

– Cette petite est très gentille, m'avait-il dit. Mais j'ai l'âge d'être son père...

Il ne comprenait pas bien en quoi consistait l'activité de son mari et, au souvenir de cette soirée où il l'avait vu gifler Nicole dans le restaurant, il s'étonnait encore qu'un mime soit aussi agressif. Lui, il imaginait les mimes avec des gestes très lents et très doux.

Nous étions sortis tous les deux et nous avions à peine fait quelques pas quand j'ai reconnu la silhouette en faction au coin de la rue bordée de hauts murs qui traverse le cimetière : le Mime Gil. Il portait une veste et un pantalon noirs, avec une chemise blanche échancrée dont le col large cachait les revers de sa veste.

– Tiens… Voilà une vieille connaissance, m'a dit Jansen.

Il attendait que nous passions devant lui, les bras croisés. Nous avancions sur l'autre trottoir en faisant semblant de l'ignorer. Il a traversé la rue et il s'est planté au milieu du trottoir où nous marchions, les jambes légèrement écartées. Il croisait les bras de nouveau.

– Vous croyez qu'il va falloir se battre ? m'a demandé Jansen.

Nous arrivions à sa hauteur et il nous barrait le passage en sautillant de gauche à droite, comme un boxeur prêt à frapper. Je l'ai bousculé. Sa main gauche s'est abattue sur ma joue d'un geste mécanique.

– Venez, m'a dit Jansen.

Et il m'entraînait par le bras. L'autre s'est tourné vers Jansen :

– Vous, le photographe, vous ne perdez rien pour attendre.

Sa voix avait le timbre métallique et la diction trop appuyée de certains sociétaires de la Comédie-Française. Nicole m'avait expliqué qu'il était aussi comédien et qu'il avait enregistré lui-même sur la bande sonore de son spectacle le dernier texte : un long passage d'*Ubu roi* d'Alfred Jarry. Il y tenait beaucoup – paraît-il. C'était le morceau de bravoure et le bouquet final de son numéro.

Nous avons continué de marcher vers la place Denfert-Rochereau. Je me suis retourné. De loin, sous le soleil, on ne distinguait que son costume noir et ses cheveux bruns. Était-ce le voisinage du cimetière ? Il y avait quelque chose de funèbre dans cette silhouette.

– Il nous suit ? m'a demandé Jansen.

– Oui.

Alors il m'a expliqué que vingt ans auparavant, le jour où il avait été victime d'une rafle à la sortie de la station George-V, il était assis dans la voiture du métro en face d'un homme brun en complet sombre. Il l'avait d'abord pris pour un simple voyageur mais, quelques minutes plus tard, l'homme se trouvait dans l'équipe de policiers qui les avait emmenés au Dépôt, lui et une dizaine d'autres personnes. Il avait vaguement senti que l'homme le suivait dans le couloir du métro. Le Mime Gil, avec son costume noir, lui rappelait ce policier.

Il nous suivait toujours, les mains dans les poches. Je l'entendais siffler un air qui me faisait peur du temps de mon enfance : *Il était un petit navire*.

Nous nous sommes assis à la terrasse du café où j'avais rencontré Jansen pour la première fois. L'autre s'est arrêté sur le trottoir à notre hauteur et il a croisé les bras. Jansen me l'a désigné du doigt.

– Il est aussi collant que le policier d'il y a vingt ans, a-t-il dit. D'ailleurs, c'est peut-être le même.

Le soleil m'éblouissait. Dans la lumière crue et scintillante, une tache noire flottait devant nous. Elle se rapprochait. Maintenant, le Mime Gil se découpait à contre-jour. Allait-il nous faire l'une de ses pantomimes en ombres chinoises sur un poème de Tristan Corbière ?

Il était là, debout, devant notre table. Il a haussé les épaules et d'une démarche hautaine il s'est éloigné en direction de la gare de Denfert-Rochereau.

– Il est temps que je quitte Paris, a dit Jansen, car tout cela devient fatigant et ridicule.

A mesure que je me rappelle tous ces détails, je prends le point de vue de Jansen. Les quelques semaines où je l'ai fréquenté, il considérait les êtres et les choses de très loin et il ne restait plus pour lui que de vagues points de repère et de vagues silhouettes. Et, par un phénomène de réciprocité, ces êtres et ces choses, à son contact, perdaient leur consistance. Est-il possible que le Mime Gil et sa femme vivent encore aujourd'hui quelque part ? J'ai beau essayer de m'en persuader et d'imaginer la situation suivante, je n'y crois pas vraiment : après trente ans, je les rencontre dans Paris, nous avons vieilli tous les trois, nous nous asseyons à une terrasse de café et nous évoquons paisiblement le souvenir de Jansen et du printemps de 1964. Tout ce qui me paraissait énigmatique deviendrait clair et même banal.

Ainsi, la soirée où Jansen avait réuni quelques amis dans l'atelier, juste avant son départ pour le Mexique – ce « pot d'adieu », comme il disait en riant...

Au souvenir de cette soirée, j'éprouve le besoin de retenir des silhouettes qui m'échappent et de les fixer comme sur une photographie. Mais, après un si grand nombre d'années, les contours s'estompent, un doute de plus en plus insidieux corrode les visages. Trente ans suffisent pour que disparaissent les preuves et les témoins. Et puis, j'avais senti sur le moment que le contact s'était relâché entre Jansen et ses amis. Il ne les reverrait plus jamais et ne paraissait pas en être du tout affecté. Eux, ils étaient sans doute surpris que Jansen les ait invités alors qu'il ne leur avait pas donné signe de vie depuis long-temps. La conversation s'amorçait pour retomber aussitôt. Et Jansen semblait si absent, lui qui aurait dû être le lien entre tous ces gens... On aurait cru qu'ils se trouvaient par hasard dans une salle d'attente. Leur petit nombre accentuait encore le malaise : ils étaient quatre, assis à une distance très grande les uns des autres. Jansen avait dressé un buffet qui contribuait au caractère insolite de cette soirée. Par moments, l'un d'eux se levait, marchait vers le buffet pour se servir un verre de whisky ou un biscuit salé, et le silence des autres enveloppait cette démarche d'une solennité inhabituelle.

Avaient été conviés au « pot d'adieu » les Meyendorff, un couple d'une cinquantaine d'années que Jansen connaissait de longue date puisque j'avais répertorié une photo où ils figuraient dans un jardin avec Colette Laurent. L'homme était brun, mince, le visage fin, et il portait des lunettes teintées. Il s'exprimait d'une voix très douce et m'avait témoigné de la gentillesse, au point de me demander ce que je comptais faire dans la vie. Il avait été médecin mais je crois qu'il n'exerçait plus. Sa femme, une brune de petite taille, les cheveux ramenés en chignon et de hautes pommettes, avait l'allure sévère d'une ancienne maîtresse de ballet et un léger accent américain. Les deux autres convives étaient Jacques Besse et Eugène Deckers, auxquels j'avais répondu à plusieurs reprises au téléphone, en l'absence de Jansen.

Jacques Besse avait été un musicien talentueux dans sa jeunesse. Eugène Deckers consacrait ses loisirs à la peinture et avait aménagé un immense grenier dans l'île Saint-Louis[1]. D'origine belge, il jouait pour gagner sa vie les seconds rôles dans des films anglais de série B, car il était bilingue. Mais, tout cela, je l'ignorais sur le moment. Ce soir-là, je me contentais de les observer sans me poser beaucoup de questions. J'avais l'âge où l'on se trouve souvent entraîné dans de curieuses compagnies, et celle-là, après tout, n'était pas plus étrange que d'autres.

Vers la fin de la soirée, l'atmosphère s'est détendue. Il faisait encore jour et Eugène Dec-

1. J'ai appris par la suite que Jacques Besse avait composé la partition des *Mouches* de Jean-Paul Sartre et la musique du film *Dédé d'Anvers*. Les dernières adresses que j'ai pu retrouver de lui sont : 15, rue Hégésippe-Moreau, Paris (XVIIIe), et Château de la Chesnaie, Chailles (Loir-et-Cher), tél. : 27.

Eugène Deckers a fait plusieurs expositions. Il est mort à Paris en 1977. Son adresse était : 25, quai d'Anjou, Paris.

kers, qui essayait de mettre un peu d'animation, a proposé que nous prenions un verre dehors, sur le banc, devant l'atelier. Nous sommes tous sortis, en laissant la porte de l'atelier entrouverte. Aucune voiture ne passait plus rue Froidevaux. On entendait les feuillages frissonner sous la brise de printemps et la rumeur lointaine de la circulation vers Denfert-Rochereau.

Deckers apportait un plateau chargé d'apéritifs. Jansen, derrière lui, traînait l'un des fauteuils de l'atelier qu'il disposait au milieu du trottoir. Il le désignait à Mme de Meyendorff pour qu'elle y prenne place. C'était brusquement le Jansen d'autrefois, celui des soirées en compagnie de Robert Capa. Deckers jouait au maître d'hôtel, son plateau à la main. Lui aussi, avec ses cheveux bruns bouclés et sa tête de corsaire, on l'imaginait bien participant à ces soirées agitées que m'avait racontées Jansen et au cours desquelles Capa l'entraînait dans sa Ford verte. Le malaise du début de la soirée se dissipait. Le docteur de Meyendorff était sur le banc aux côtés de Jacques Besse et lui parlait de sa voix douce. Debout sur le trottoir, et tenant leur verre, comme pour un cocktail, Mme de Meyendorff, Jansen et Deckers poursuivaient une conversation. Mme de Meyendorff a fini par s'asseoir, là, en plein air, sur le fauteuil. Jansen s'est retourné vers Jacques Besse :

— Tu nous chantes *Cambriole* ?

Ce morceau, composé à vingt-deux ans, avait jadis attiré l'attention sur Jacques Besse. Il avait même fait figure de chef de file d'une nouvelle génération de musiciens.

— Non. Je n'ai pas envie…

Il a eu un sourire triste. Il ne composait plus depuis longtemps.

Leurs voix se mêlaient maintenant dans le silence de la rue : celle, très douce et très lente, du docteur de Meyendorff, la voix grave de sa femme, celle, ponctuée de grands éclats de rire, de Deckers. Seul, Jacques Besse, son sourire aux lèvres, restait silencieux sur le banc à écouter Meyendorff. Je me tenais un peu à l'écart et je regardais vers l'entrée de la rue qui coupe le cimetière : peut-être le Mime Gil allait-il faire son apparition et se tenir à distance, les bras croisés, croyant que Nicole viendrait nous rejoindre. Mais non.

A un moment, Jansen s'est approché et m'a dit :

– Alors ? Content ? Il fait beau ce soir... La vie commence pour vous...

Et c'était vrai : il y avait encore toutes ces longues années devant moi.

Jansen m'avait parlé à plusieurs reprises des Meyendorff. Il les avait beaucoup fréquentés après les disparitions de Robert Capa et de Colette Laurent. Mme de Meyendorff était une adepte des sciences occultes et du spiritisme. Le docteur de Meyendorff – j'ai retrouvé la carte de visite qu'il m'avait donnée à l'occasion de ce « pot d'adieu » : *Docteur Henri de Meyendorff, 12 rue Ribéra, Paris XVIe, Auteuil 28-15, et Le Moulin, à Fossombrone (Seine-et-Marne)* – occupait ses loisirs à l'étude de la Grèce ancienne et avait écrit un petit ouvrage consacré au mythe d'Orphée [1].

1. *Orphée et l'Orphéisme*, par H. de Meyendorff, Paris, Éditions du Sablier, 1949.

Jansen avait assisté pendant quelques mois aux séances de spiritisme qu'organisait Mme de Meyendorff. Il s'agissait de faire parler les morts. J'éprouve une méfiance instinctive et beaucoup de scepticisme vis-à-vis de ce genre de manifestations. Mais je comprends que Jansen, dans une période de grand désarroi, ait eu recours à cela. On voudrait faire parler les morts, on voudrait surtout qu'ils reviennent pour de vrai et non pas simplement dans nos rêves où ils sont à côté de nous, mais si lointains et si absents...

D'après ce qu'il m'avait confié, il avait connu les Meyendorff bien avant l'époque où ils figuraient sur la photo, dans le jardin, avec Colette Laurent. Il les avait rencontrés à dix-neuf ans. Puis la guerre avait été déclarée. Comme Mme de Meyendorff était de nationalité américaine, elle et son mari étaient partis pour les États-Unis, laissant à Jansen les clés de leur appartement de Paris et de leur maison de campagne, où il avait habité pendant les deux premières années de l'Occupation.

J'ai souvent pensé que les Meyendorff auraient

été les personnes susceptibles de me donner le plus de renseignements sur Jansen. Quand il a quitté Paris, j'avais achevé mon travail : tous les matériaux que j'avais réunis sur lui étaient contenus dans le cahier rouge Clairefontaine, le répertoire alphabétique et l'album *Neige et Soleil* qu'il avait eu la gentillesse de m'offrir. Oui, si j'avais voulu écrire un livre sur Jansen, il aurait été nécessaire que je rencontre les Meyendorff et que je prenne note de leur témoignage.

Il y a une quinzaine d'années, je feuilletais le cahier rouge et, découvrant entre les pages la carte de visite du docteur de Meyendorff, je composai son numéro de téléphone, mais celui-ci n'était « plus attribué ». Le docteur n'était pas mentionné dans l'annuaire de cette année-là. Pour en avoir le cœur net, j'allai au 12 rue Ribéra et la concierge me dit qu'elle ne connaissait personne de ce nom-là dans l'immeuble.

Ce samedi de juin si proche des grandes vacances, il faisait très beau et il était environ deux heures de l'après-midi. J'étais seul à Paris et j'avais la perspective d'une longue journée sans objet. Je décidai de me rendre à l'adresse de Seine-et-Marne indiquée sur la carte du docteur.

Bien sûr, j'aurais pu savoir par les renseignements si un Meyendorff habitait encore à Fossombrone et, dans ce cas, lui téléphoner, mais je
préférais vérifier moi-même, sur place.

J'ai pris le métro jusqu'à la gare de Lyon, puis
au guichet des lignes de banlieue un billet pour
Fossombrone. Il fallait changer à Melun. Le
compartiment où je montai était vide et moi
presque joyeux d'avoir trouvé un but à ma journée.

C'est en attendant sur le quai de la gare de
Melun la micheline pour Fossombrone que mon
humeur a changé. Le soleil du début de l'après-
midi, les rares voyageurs et cette visite à des
gens que je n'avais vus qu'une seule fois, quinze
ans auparavant, et qui avaient sans doute disparu
ou m'avaient oublié me causèrent brusquement
un sentiment d'irréalité.

Nous étions deux dans la micheline : une
femme d'une soixantaine d'années, qui portait
un sac à provisions, s'était assise en face de moi.

– Mon Dieu… Quelle chaleur…

J'étais rassuré d'entendre sa voix mais surpris

qu'elle soit si claire et qu'elle ait un léger écho. Le cuir de la banquette était brûlant. Il n'y avait pas un seul coin d'ombre.

– Nous arrivons bientôt à Fossombrone ? lui ai-je demandé.

– C'est le troisième arrêt.

Elle fouilla dans son sac à provisions et trouva enfin ce qu'elle cherchait : un portefeuille noir. Elle se taisait.

J'aurais voulu rompre le silence.

Elle est descendue au deuxième arrêt. La micheline a repris sa marche et j'ai été saisi de panique. J'étais seul, désormais. Je craignais que la micheline ne m'entraîne dans un voyage interminable en augmentant au fur et à mesure sa vitesse. Mais elle a ralenti et s'est arrêtée devant une petite gare au mur beige de laquelle j'ai lu FOSSOMBRONE en caractères grenat. A l'intérieur de la gare, à côté des guichets, un kiosque à journaux. J'ai acheté un quotidien dont j'ai vérifié la date et lu les gros titres.

J'ai demandé à l'homme du kiosque s'il connaissait une maison nommée Le Moulin. Il

m'a expliqué que je devais suivre la rue princi-
pale du village et marcher encore tout droit
jusqu'à la lisière de la forêt.

Les volets des maisons de la grande rue
étaient clos, à cause du soleil. Il n'y avait personne et j'aurais pu m'inquiéter d'être seul au
milieu de ce village inconnu. La grande rue se
transformait maintenant en une très large allée
bordée de platanes dont les feuillages laissaient
à peine filtrer les rayons du soleil. Le silence,
l'immobilité des feuillages, les taches de soleil
sur lesquelles je marchais me donnaient de nouveau l'impression de rêver. J'ai consulté encore
une fois la date et les gros titres du journal que
je tenais à la main, pour me rattacher au monde
extérieur.

Du côté gauche, juste à la lisière de la forêt,
un mur d'enceinte et un portail de bois vert
sur lequel était écrit à la peinture blanche :
LE MOULIN. Je m'écartai du mur d'enceinte
assez bas et me plaçai de l'autre côté de
l'allée, de manière à voir la maison. Elle paraissait constituée de plusieurs corps de ferme

reliés entre eux mais sans plus rien de campa-
gnard : la véranda, les grandes fenêtres et le
lierre de sa façade offraient l'aspect d'un bungalow. Le parc à l'abandon était redevenu une clairière.

Le mur d'enceinte faisait un angle droit et se
prolongeait encore une centaine de mètres le
long d'un chemin qui bordait la forêt et donnait
accès à plusieurs autres propriétés. Celle voisine
du Moulin était une villa blanche en forme de
blockhaus avec des baies vitrées. Elle était sépa-
rée du chemin par une barrière blanche et des
massifs de troènes. Une femme qui portait un
chapeau de paille tondait la pelouse et j'étais
soulagé qu'un bourdonnement de moteur rompe
le silence.

J'ai attendu qu'elle se rapproche de la grille
d'entrée. Quand elle m'a vu, elle a arrêté le
moteur de la tondeuse. Elle a ôté son chapeau
de paille. Une blonde. Elle est venue ouvrir la
grille.

– Le docteur de Meyendorff habite-t-il toujours le Moulin ?

J'avais eu du mal à prononcer les syllabes de cette phrase. Elles résonnaient d'une drôle de façon.

La blonde me regardait d'un air surpris. Ma voix, mon embarras, la sonorité de « Meyen-dorff » avaient quelque chose d'incongru et de solennel.

– Le Moulin n'est plus habité depuis long-temps, m'a-t-elle dit. En tout cas pas depuis que je suis dans cette maison.

– On ne peut pas le visiter ?

– Il faudrait demander au gardien. Il vient ici trois fois par semaine. Il habite Chailly-en-Bière.

– Et vous ne savez pas où sont les proprié-taires ?

– Je crois qu'ils vivent en Amérique.

Alors, il y avait de fortes chances pour que ce fussent encore les Meyendorff.

– La maison vous intéresse ? Je suis sûre qu'elle est à vendre.

Elle m'avait fait entrer dans son jardin et refer-mait la grille.

– J'écris un livre sur quelqu'un qui a habité ici et je voulais simplement reconnaître les lieux.

De nouveau, j'ai eu l'impression que j'employais un ton trop solennel.

Elle me guidait jusqu'au fond du jardin. Un grillage marquait la limite avec le parc à l'abandon du Moulin. Il y avait un grand trou dans le grillage et elle me le désignait :

– C'est facile de passer de l'autre côté...

Je croyais rêver. Elle avait une voix si douce, des yeux si clairs, elle se montrait si prévenante... Elle s'était rapprochée de moi et je me suis demandé brusquement si j'avais raison de rôder autour d'une maison abandonnée, « de l'autre côté », comme elle disait, au lieu de rester avec elle et de faire plus ample connaissance.

– Pendant que vous allez visiter, vous ne pouvez pas me prêter votre journal ?

– Avec plaisir.

– C'est pour voir les programmes de télévision. Je lui ai tendu le journal. Elle m'a dit :

– Prenez tout votre temps. Et ne vous inquiétez pas. Je fais le guet.

Je passai à travers le trou du grillage et je débouchai dans une clairière. Je marchai vers la maison. A mesure que j'avançais, la clairière laissait place à une pelouse en friche que traversait une allée de gravier. Le Moulin offrait le même aspect de bungalow que du côté du portail. A gauche, le bâtiment se prolongeait par une chapelle dont on avait ôté la porte et qui n'était plus qu'une remise.

Au rez-de-chaussée, les volets étaient fermés, ainsi que les deux panneaux verts d'une porte-fenêtre. Deux grands platanes se dressaient à une dizaine de mètres l'un de l'autre et leurs feuillages confondus formaient un toit de verdure qui m'évoquait le mail d'une ville du Midi. Le soleil tapait fort et leur ombre m'avait donné une sensation soudaine de fraîcheur.

C'était bien là que la photo de Colette Laurent et des Meyendorff avait été prise par Jansen. J'avais reconnu les platanes et vers la droite le puits à la margelle recouverte de lierre. Sur le cahier rouge, j'avais noté : « Photo les Meyendorff - Colette Laurent à Fossombrone. Ombrages. Printemps ou été. Puits. Date indéterminée. » J'avais questionné Jansen pour savoir à quelle année remontait cette photo mais il avait haussé les épaules.

Le bâtiment formait saillie vers la droite et les volets de l'une des fenêtres du rez-de-chaussée étaient ouverts. J'ai collé mon front à la vitre. Les rayons du soleil projetaient des taches de lumière sur le mur du fond. Un tableau y était accroché : le portrait de Mme de Meyendorff. Dans le coin de la pièce, un bureau d'acajou derrière lequel je distinguais un fauteuil de cuir. Deux autres fauteuils semblables, près de la fenêtre. Des rayonnages de livres, sur le mur de droite, au-dessus d'un divan de velours vert.

J'aurais voulu entrer par effraction dans cette pièce où s'était peu à peu déposée la poussière du temps. Jansen avait dû s'asseoir souvent sur les fauteuils et je l'imaginais, vers la fin d'un après-midi, lisant l'un des volumes de la bibliothèque. Il était venu ici avec Colette Laurent. Et, plus tard, c'était sans doute dans ce bureau que Mme de Meyendorff faisait parler les morts.

Là-bas, sur la pelouse, la blonde avait repris son travail et j'entendais un bourdonnement de moteur paisible et rassurant.

Je ne suis plus jamais revenu à Fossombrone. Et aujourd'hui, après quinze ans, je suppose que le Moulin a été vendu et que les Meyendorff finissent leur vie quelque part en Amérique. Je n'ai pas eu de nouvelles récentes des autres personnes que Jansen avait conviées à son « pot d'adieu ». Au mois de mai 1974, un après-midi, j'avais croisé Jacques Besse boulevard Bonne-Nouvelle, à la hauteur du théâtre du Gymnase. Je lui avais tendu la main mais il n'y avait pas prêté attention et il s'était éloigné, raide, sans me reconnaître, le regard vide, avec un col roulé gris foncé et une barbe de plusieurs jours.

Une nuit d'il y a quelques mois, très tard, j'avais allumé la télévision qui diffusait une série policière anglaise, adaptée du *Saint* de Leslie Charteris, et j'ai eu la surprise de voir apparaître Eugène Deckers. La scène avait été tournée dans le Londres des années soixante, peut-être la même année et la même semaine que celles où Deckers était venu au « pot d'adieu ». Là, sur l'écran, il traversait un hall d'hôtel, et je me disais qu'il était vraiment étrange que l'on puisse passer d'un monde où tout s'abolissait à un autre, délivré des lois de la pesanteur et où vous étiez en suspension pour l'éternité : de cette soirée rue Froidevaux, dont il ne restait rien, sauf de faibles échos dans ma mémoire, à ces quelques instants impressionnés sur la pellicule, où Deckers traverserait un hall d'hôtel jusqu'à la fin des temps.

Cette nuit-là, j'avais rêvé que j'étais dans l'atelier de Jansen, assis sur le canapé, comme autrefois. Je regardais les photos du mur et brusquement j'étais frappé par la ressemblance de Colette Laurent et de mon amie de cette époque, avec qui j'avais rencontré Jansen et dont j'ignorais ce qu'elle était devenue, elle aussi. Je me persuadais que c'était la même personne que Colette Laurent. La distance des années avait brouillé les perspectives. Elles avaient l'une et l'autre des cheveux châtains et des yeux gris. Et le même prénom.

Je suis sorti de l'atelier. Il faisait déjà nuit et cela m'avait surpris. Je m'étais rappelé que nous étions en octobre ou en novembre. Je marchais vers Denfert-Rochereau. Je devais rejoindre Colette et quelques autres personnes dans une maison proche du parc Montsouris. Nous nous réunissions là-bas chaque dimanche soir. Et, dans mon rêve, j'étais certain de retrouver ce soir-là parmi les convives Jacques Besse, Eugène Deckers, le docteur de Meyendorff et sa femme.

La rue Froidevaux me semblait interminable, comme si les distances s'étiraient à l'infini. Je craignais d'arriver en retard. Est-ce qu'ils m'attendraient ? Le trottoir était tapissé de feuilles mortes et je longeais le mur et le talus de gazon du réservoir de Montsouris derrière lesquels j'imaginais l'eau dormante. Une pensée m'accompagnait, d'abord vague et de plus en plus précise : je m'appelais Francis Jansen.

La veille du jour où Jansen a quitté Paris, j'étais venu à midi à l'atelier pour ranger les photos dans les valises. Rien ne me laissait prévoir son brusque départ. Il m'avait dit qu'il ne bougerait pas jusqu'à la fin du mois de juillet. Quelques jours auparavant, je lui avais remis les doubles du cahier et du répertoire. Il avait d'abord hésité à les prendre :

– Vous croyez que c'est bien nécessaire pour moi en ce moment ?

Puis il avait feuilleté le répertoire. Il s'attardait sur une page et prononçait quelquefois un nom à voix haute comme s'il cherchait à se rappeler le visage de celui qui le portait.

– Ça suffit pour aujourd'hui…

Il avait fermé le répertoire d'un geste sec.

– Vous avez fait un beau travail de scribe… Je vous félicite…

Ce dernier jour, quand il est entré dans l'atelier et m'a surpris à ranger les photos, il m'a encore félicité :

– Un véritable archiviste… On devrait vous engager dans les musées…

Nous sommes allés déjeuner dans un restaurant du quartier. Il portait sur lui son Rolleiflex. Après le déjeuner, nous avons suivi le boulevard Raspail et il s'est arrêté devant l'hôtel qui fait le coin de la rue Boissonade et se dresse solitaire à côté du mur et des arbres du Centre américain.

Il a reculé jusqu'au bord du trottoir et il a pris plusieurs photos de la façade de cet hôtel.

– C'est là où j'ai vécu à mon arrivée à Paris…

Il m'a expliqué qu'il était tombé malade le soir de son arrivée et qu'il avait gardé la chambre une dizaine de jours. Il avait été soigné par un réfugié autrichien qui habitait l'hôtel avec sa femme, un certain docteur Tennent.

– J'ai fait une photo de lui à l'époque…

J'ai vérifié le soir même. Comme j'avais répertorié les photos par ordre chronologique sur le cahier rouge Clairefontaine, celle-ci était mentiónnée au début de la liste :

1. *Docteur Tennent et sa femme. Jardin du Luxembourg. Avril 1938.*

– Mais je n'avais pas encore de photo de cet hôtel... Vous pourrez la rajouter à votre inventaire...

Il m'a proposé de l'accompagner sur la rive droite où il devait chercher « quelque chose ». Il a d'abord voulu prendre le métro à la station Raspail, mais, après avoir constaté sur le plan qu'il y avait trop de changements jusqu'à Opéra, il a décidé que nous irions là-bas en taxi.

*

Jansen a demandé au chauffeur de s'arrêter boulevard des Italiens, à la hauteur du café de la Paix, et il m'a désigné la terrasse de celui-ci en me disant :

– Attendez-moi là... je n'en ai pas pour long-temps...

Il s'est dirigé vers la rue Auber. J'ai fait quelques pas le long du boulevard. Je n'étais pas revenu dans ce café de la Paix depuis que mon père m'y emmenait le dimanche après-midi. Par curiosité, je suis allé vérifier si la balance automatique où nous nous pesions, ces dimanches-là, existait toujours, juste avant l'entrée du Grand Hôtel. Oui, elle était demeurée à la même place. Alors je n'ai pu m'empêcher d'y monter, de glisser une pièce de monnaie dans la fente et d'attendre que tombe le ticket rose.

J'éprouvais une drôle de sensation, assis tout seul à la terrasse du café de la Paix où les clients se pressaient autour des tables. Était-ce le soleil de juin, le vacarme de la circulation, les feuillages des arbres dont le vert formait un si frappant contraste avec le noir des façades, et ces voix étrangères que j'entendais aux tables voisines ? Il me semblait être moi aussi un touriste égaré dans une ville que je ne connaissais pas. Je regardais fixement le ticket rose comme s'il était le dernier objet susceptible de témoigner et de me rassurer sur mon identité, mais ce ticket augmentait encore mon malaise. Il évoquait une époque si lointaine de ma vie que j'avais du mal à la relier au présent. Je finissais par me demander si c'était bien moi l'enfant qui venait ici avec son père. Un engourdissement, une amnésie me gagnaient peu à peu, comme le sommeil le jour où j'avais été renversé par une camionnette et où l'on m'avait appliqué un tampon d'éther sur le visage. D'ici un moment, je ne saurais même plus qui j'étais et aucun de ces étrangers autour de moi ne pourrait me renseigner. J'essayais de lutter contre cet engourdissement, les yeux fixés sur le ticket rose où il était écrit que je pesais soixante-seize kilos.

Quelqu'un m'a tapé sur l'épaule. J'ai levé la tête mais j'avais le soleil dans les yeux.

– Vous êtes tout pâle…

Je voyais Jansen en ombres chinoises. Il s'est assis à la table, en face de moi.

– C'est à cause de la chaleur, ai-je bredouillé. Je crois que j'ai eu un malaise…

Il a commandé un verre de lait pour moi et un whisky pour lui.

— Buvez, m'a-t-il dit. Ça ira mieux après…

Je buvais lentement le lait glacé. Oui, peu à peu, le monde autour de moi reprenait ses formes et ses couleurs, comme si je réglais une paire de jumelles pour que la vision devienne de plus en plus nette. Jansen, en face, me regardait avec bienveillance.

— Ne vous inquiétez pas, mon petit… Moi aussi il m'est souvent arrivé de tomber dans des trous noirs…

*

Une brise soufflait dans les feuillages des arbres et leur ombre était fraîche tandis que nous marchions, Jansen et moi, le long des Grands Boulevards. Nous étions arrivés place de la Concorde. Nous avons pénétré dans les jardins des Champs-Élysées. Jansen prenait des photos avec son Rolleiflex mais je m'en apercevais à peine. Il jetait un œil furtif sur le cadre de l'appareil, à la hauteur de sa taille. Et pourtant je savais que chacune de ses photos était d'une précision extrême. Un jour que je m'étonnais de cette feinte désinvolture, il m'avait dit qu'il fallait « prendre les choses en douceur et en silence sinon elles se rétractent ».

Nous nous étions assis sur un banc et, tout en parlant, il se levait de temps en temps et appuyait sur le déclic au passage d'un chien, d'un enfant, à l'apparition d'un rayon de soleil. Il avait allongé et croisé les jambes et gardait la tête baissée comme s'il s'était assoupi.

Je lui ai demandé ce qu'il photographiait.

– Mes chaussures.

Par l'avenue Matignon, nous avons rejoint le faubourg Saint-Honoré. Il m'a montré l'immeuble où se trouvait l'agence Magnum et il a voulu que nous buvions un verre dans le café voisin qu'il fréquentait autrefois avec Robert Capa.

Nous étions installés à une table du fond, et de nouveau il avait commandé un verre de lait pour moi et un whisky pour lui.

– C'est dans ce café que j'ai connu Colette, m'a-t-il dit brusquement.

J'aurais voulu lui poser des questions et lui parler des quelques photos d'elle que j'avais répertoriées dans le cahier rouge :

Colette. 12, hameau du Danube.
Colette à l'ombrelle.
Colette. Plage de Pampelonne.
Colette. Escalier de la rue des Cascades.

J'ai fini par dire :

– C'est dommage que je ne vous aie pas tous connus à l'époque...

Il m'a souri.

– Mais vous étiez encore à l'âge des biberons...

Et il me désignait mon verre de lait que je tenais à la main.

– Attendez un instant... Ne bougez pas...

Il a posé le Rolleiflex sur la table et il a appuyé sur le déclic. J'ai la photo, à côté de moi, parmi toutes celles qu'il avait prises cet après-midi-là.

Mon bras levé et mes doigts qui tiennent le verre se découpent à contre-jour et l'on distingue, au fond, la porte ouverte du café, le trottoir et la rue qui baignent dans une lumière d'été – la même lumière où nous marchons, ma mère et moi, dans mon souvenir, en compagnie de Colette Laurent.

*

Après le dîner, je l'ai raccompagné jusqu'à l'atelier. Nous avons fait un long détour. Il me parlait plus que d'habitude et me posait pour la première fois des questions précises concernant mon avenir. Il s'inquiétait des conditions dans lesquelles je vivrais. Il a évoqué la précarité de son existence à Paris au même âge que moi. La rencontre de Robert Capa l'avait sauvé, sinon il n'aurait peut-être pas eu le courage d'entreprendre son métier. D'ailleurs, c'était Capa qui le lui avait appris.

Minuit était déjà passé et nous bavardions encore sur un banc de l'avenue du Maine. Un chien pointer avançait seul sur le trottoir, d'un pas rapide, et il est venu nous renifler. Il ne portait pas de collier. Il paraissait connaître Jansen. Il nous a suivis jusqu'à la rue Froidevaux, d'abord de loin, puis il s'est rapproché et il marchait à nos côtés. Nous sommes arrivés devant l'atelier et Jansen a fouillé ses poches mais n'a pas trouvé la clé. Il avait l'air brusquement harassé. Je crois qu'il avait trop bu. Je lui ai ouvert moi-même avec le double qu'il m'avait confié.

Dans l'embrasure de la porte, il m'a serré la main et il m'a dit d'un ton solennel :

— Merci pour tout.

Il me fixait d'un regard légèrement embrumé. Il a refermé la porte avant que j'aie eu le temps de lui dire que le chien était entré dans l'atelier en se glissant derrière lui.

*

Le lendemain, j'ai téléphoné vers onze heures à l'atelier mais personne ne répondait. J'avais fait le signal qui était convenu entre Jansen et moi : raccrocher au bout de trois sonneries puis composer de nouveau le numéro. J'ai décidé d'aller là-bas pour achever de ranger les photos.

Comme d'habitude, j'ai ouvert la porte avec le double de la clé. Les trois valises avaient disparu, ainsi que la photo de Colette Laurent et celle de Jansen et de Robert Capa qui étaient accrochées au mur. Sur la table basse, un rouleau de pellicule à développer. Je l'ai apporté, cet après-midi-là, au magasin de la rue Delambre. Quand j'y suis revenu, quelques jours plus tard, j'ai découvert dans la pochette que l'on m'avait remise toutes les photos que Jansen avait faites au cours de notre promenade dans Paris.

Je savais bien que désormais ce n'était plus la peine de l'attendre.

J'ai fouillé les placards de la mezzanine mais ils ne contenaient plus rien, pas un seul vêtement, pas une seule chaussure. On avait enlevé les draps et les couvertures du lit et le matelas était nu. Pas le moindre mégot dans les cendriers. Plus de verres ni de bouteilles de whisky. Je me faisais l'effet d'un inspecteur de police qui visitait l'atelier d'un homme recherché depuis longtemps, et je me disais que c'était bien inutile puisqu'il n'y avait aucune preuve que cet homme ait habité ici, pas même une empreinte digitale.

J'ai attendu jusqu'à cinq heures, assis sur le canapé, à consulter le cahier rouge et le répertoire. Apparemment, Jansen avait emporté les doubles des cahiers. Peut-être Nicole allait-elle sonner et il faudrait que je lui dise que désormais nous risquerions d'attendre Jansen pour rien et qu'un archéologue, au cours des prochains siècles, nous retrouverait momifiés tous les deux sur le canapé. La rue Froidevaux serait l'objet d'une fouille. Au coin du cimetière Montparnasse, on découvrirait le Mime Gil, transformé en statue, et l'on entendrait battre son cœur. Et le magnétophone, derrière lui, diffuserait un poème qu'il avait enregistré de sa voix métallique :

> *Démons et merveilles*
> *Vents et marées...*

Une question m'a brusquement traversé l'esprit : qu'était devenu le pointer qui nous avait suivis hier soir et qui avait pénétré dans l'atelier à l'insu de Jansen ? L'avait-il emmené avec lui ? Aujourd'hui que j'y pense, je me demande si ce chien n'était pas tout simplement le sien.

*

Je suis retourné dans l'atelier, plus tard, à l'heure où le soir tombait. Une dernière tache de soleil s'attardait sur le canapé. Entre ces murs, la chaleur était étouffante. J'ai fait glisser la baie vitrée. J'entendais le bruissement des arbres et les pas de ceux qui marchaient dans la rue. Je m'étonnais que le vacarme de la circulation se fût interrompu du côté de Denfert-Rochereau, comme si la sensation d'absence et de vide que laissait Jansen se propageait en ondes concentriques et que Paris était peu à peu déserté.

Je me suis demandé pourquoi il ne m'avait pas prévenu de son départ. Mais ces quelques signes suggéraient bien une disparition imminente : la photo qu'il avait prise de l'hôtel boulevard Raspail et le détour jusqu'au faubourg Saint-Honoré pour me montrer le siège de l'ancienne agence Magnum et le café qu'il fréquentait avec Robert Capa et Colette Laurent. Oui, il avait fait, en ma compagnie, un dernier pèlerinage sur les lieux de sa jeunesse. Tout au fond de l'atelier, la porte de la chambre noire était entrouverte. L'après-midi où Jansen avait développé les photos de mon amie et moi, la petite ampoule rouge brillait dans l'obscurité. Il se tenait devant la cuve avec des gants de caoutchouc. Il m'avait tendu les négatifs. A notre retour dans l'atelier, la lumière du soleil m'avait ébloui.

Je ne lui en voulais pas. Et même, je le comprenais si bien... J'avais noté chez lui certaines manières d'agir et certains traits de caractère qui m'étaient familiers. Il m'avait dit : « Ne vous inquiétez pas, mon petit... Moi aussi il m'est souvent arrivé de tomber dans des trous noirs... » Je ne pouvais présager de l'avenir, mais d'ici une trentaine d'années, quand j'aurais atteint l'âge de Jansen, je ne répondrais plus au téléphone et je disparaîtrais, comme lui, un soir de juin, en compagnie d'un chien fantôme.

Trois ans plus tard, un soir de juin qui était bizarrement l'anniversaire de son départ, j'ai beaucoup pensé à Jansen. Non pas à cause de cet anniversaire. Mais un éditeur venait d'accepter de publier mon premier livre et j'avais, dans la poche intérieure de ma veste, une lettre qui m'annonçait la nouvelle.

Je me suis souvenu qu'au cours de la dernière soirée que nous avions passée ensemble Jansen s'était inquiété de mon avenir. Et aujourd'hui, on m'avait donné l'assurance que mon livre paraîtrait bientôt. J'étais enfin sorti de cette période de flou et d'incertitude pendant laquelle je vivais en fraude. J'aurais voulu que Jansen soit à côté de moi pour partager mon soulagement. J'étais assis à la terrasse d'un café proche de la rue Froidevaux et, un instant, j'ai eu la tentation d'aller sonner à l'atelier, comme si Jansen était toujours là.

De quelle manière aurait-il accueilli ce premier livre ? Je n'avais pas respecté les consignes de silence qu'il m'avait données le jour où nous avions parlé de littérature. Il aurait sans doute jugé tout cela trop bavard.

Au même âge que moi, il était déjà l'auteur de plusieurs centaines de photos dont quelques-unes composaient *Neige et Soleil*.

Ce soir-là, j'ai feuilleté *Neige et Soleil*. Jansen m'avait dit qu'il n'était pas responsable de ce titre anodin et que l'éditeur suisse l'avait choisi lui-même, sans lui demander son avis.

A mesure que je tournais les pages, je ressentais de plus en plus ce que Jansen avait voulu communiquer et qu'il m'avait mis gentiment au défi de suggérer moi aussi avec les mots : le silence. Les deux premières photos du livre portaient chacune la même légende : *Au 140*. Elles représentaient l'un de ces groupes d'immeubles de la périphérie parisienne, un jour d'été. Personne dans la cour, ni à l'entrée des escaliers. Pas une seule silhouette aux fenêtres. Jansen m'avait expliqué que c'était là où avait habité un camarade de son âge qu'il avait connu au camp de Drancy. Celui-ci, quand le consulat d'Italie avait fait libérer Jansen du camp, lui avait demandé d'aller à cette adresse pour donner de ses nouvelles à des parents et à une amie. Jansen s'était rendu au « 140 » mais il n'y avait trouvé personne de ceux que lui avait indiqués son camarade. Il y était retourné, après la Libération, au printemps de 1945. En vain.

Alors, désemparé, il avait pris ces photos pour que soit au moins fixé sur une pellicule le lieu où avaient habité son camarade et ses proches. Mais la cour, le square et les immeubles déserts sous le soleil rendaient encore plus irrémédiable leur absence.

Les photos suivantes du recueil étaient antérieures à celles du « 140 » car elles avaient été faites quand Jansen était réfugié en Haute-Savoie : des étendues de neige dont la blancheur contrastait avec le bleu du ciel. Sur les pentes, des points noirs qui devaient être des skieurs, un téléphérique de la taille d'un jouet, et le soleil là-dessus, le même que celui du « 140 », un soleil indifférent. A travers cette neige et ce soleil, transparaissaient un vide, une absence.

Quelquefois, Jansen photographiait de très près des plantes, une toile d'araignée, des coquilles d'escargot, des fleurs, des brins d'herbe au milieu desquels couraient des fourmis. On sentait qu'il immobilisait son regard sur un point très précis pour éviter de penser à autre chose. Je me suis rappelé le moment où nous étions assis sur le banc, dans les jardins des Champs-Élysées, et où, les jambes croisées, il photographiait ses chaussures.

Et, de nouveau, les pentes des montagnes d'une blancheur éternelle sous le soleil, les petites rues et les places désertes du Midi de la France, les quelques photos qui portaient chacune la même légende : *Paris en juillet* – ce mois de juillet de ma naissance où la ville semblait abandonnée. Mais Jansen, pour lutter contre cette impression de vide et d'abandon, avait

voulu capter tout un aspect champêtre de Paris :
rideaux d'arbres, canal, pavés à l'ombre des platanes, cours, clocher de Saint-Germain de Cha-
ronne, escalier de la rue des Cascades... Il était à
la recherche d'une innocence perdue et de décors
faits pour le bonheur et l'insouciance, mais où,
désormais, on ne pouvait plus être heureux.

Il pensait qu'un photographe n'est rien, qu'il doit se fondre dans le décor et devenir invisible pour mieux travailler et capter – comme il disait – la lumière naturelle. On n'entendrait même plus le déclic du Rolleiflex. Il aurait voulu dissimuler son appareil. La mort de son ami Robert Capa s'expliquait justement selon lui par cette volonté, ou ce vertige, de se fondre une fois pour toutes dans le décor.

Hier, c'était le lundi de Pâques. Je longeais la partie du boulevard Saint-Michel qui va de l'ancienne gare du Luxembourg jusqu'à Port-Royal. Une foule de promeneurs se pressait aux grilles d'entrée du jardin mais, là où je marchais, il n'y avait plus personne. Un après-midi, sur le même trottoir, Jansen m'avait désigné la librairie

au coin du boulevard et de la petite rue Royer-
Collard. Dans celle-ci, il avait assisté, juste avant
la guerre, à une exposition des photographies du
peintre Wols. Il avait fait sa connaissance et
l'admirait autant que Robert Capa. Il était allé lui
rendre visite à Cassis où Wols s'était réfugié au
début de l'Occupation. C'était Wols qui lui avait
appris à photographier ses chaussures.

Jansen avait attiré ce jour-là mon attention sur
la façade de l'École des mines dont toute une
partie, à hauteur d'homme, portait des traces de
balles. Une plaque fendue et légèrement effritée
sur ses bords indiquait qu'un certain Jean Monvallier Boulogne, âgé de vingt ans, avait été tué à
cet emplacement le jour de la libération de Paris.

J'avais retenu ce nom, à cause de sa sonorité
qui évoquait une partie de canotage au Bois avec
une fille blonde, un pique-nique à la campagne
au bord d'une rivière et d'un vallon où se trouvaient réunis la même fille blonde et des amis –
tout cela tranché net un après-midi d'août,
devant le mur.

Or, ce lundi, à ma grande surprise, la plaque

avait disparu, et je regrettais que Jansen, l'après-midi où nous étions ensemble au même endroit, n'ait pas pris une photo du mur criblé de balles et de cette plaque. Je l'aurais inscrit sur le répertoire. Mais là, brusquement, je n'étais plus sûr que ce Jean Monvallier Boulogne eût existé, et, d'ailleurs, je n'étais plus sûr de rien.

Je suis entré dans le jardin en fendant la foule massée devant les grilles. Tous les bancs, toutes les chaises étaient occupés et il y avait une grande affluence dans les allées. Des jeunes gens étaient assis sur les balustrades et sur les marches qui descendent vers le bassin central, si nombreux qu'on ne pouvait plus accéder à cette partie du jardin. Mais cela n'avait aucune importance. J'étais heureux de me perdre dans cette foule et – selon l'expression de Jansen – de me fondre dans le décor.

Il restait assez de place – une vingtaine de centimètres – pour m'asseoir à l'extrémité d'un banc. Mes voisins n'ont même pas eu besoin de se pousser. Nous étions sous les marronniers qui nous protégeaient du soleil, tout près de la statue de marbre blanc de Velléda. Une femme, derrière moi, bavardait avec une amie et leurs paroles me berçaient : il était question d'une certaine Suzanne, qui avait été mariée à un certain Raymond. Raymond était l'ami de Robert, et Robert, le frère de l'une des femmes. Au début, j'essayais de concentrer mon attention sur ce qu'elles disaient et de recueillir quelques détails qui me serviraient de points de repère pour que les destins de Robert, de Suzanne et de Raymond sortent peu à peu de l'inconnu. Qui sait ? Par le fait du hasard, dont on ignorera toujours les combinaisons infinies, peut-être Suzanne, Robert et Raymond avaient-ils un jour croisé Jansen dans la rue ?

J'étais frappé d'une somnolence. Des mots me parvenaient encore à travers un brouillard ensoleillé : Raymond… Suzanne… Livry-Gargan… A la base… Pépin dans l'œil… Èze-sur-Mer près de Nice… La caserne des pompiers du boulevard Diderot… Le flot des passants dans l'allée augmentait encore cet état de demi-sommeil. Je me rappelais la réflexion de Jansen : « Ne vous

116

inquiétez pas, mon petit... Moi aussi il m'est souvent arrivé de tomber dans des trous noirs... » Mais là, ce n'était même plus un « trou noir » comme celui que j'avais éprouvé à dix-neuf ans à la terrasse du café de la Paix. J'étais presque soulagé de cette perte progressive d'identité. Je percevais encore quelques mots, les voix des deux femmes devenaient plus douces, plus lointaines. La Ferté-Alais... Cavaleur... Il le lui a rendu en gentillesse... Caravane... Voyage autour du monde...

J'allais disparaître dans ce jardin, parmi la foule du lundi de Pâques. Je perdais la mémoire et je ne comprenais plus très bien le français car les paroles de mes voisines n'étaient maintenant à mes oreilles que des onomatopées. Les efforts que j'avais fournis depuis trente ans pour exercer un métier, donner une cohérence à ma vie, tâcher de parler et d'écrire une langue le mieux possible afin d'être bien sûr de ma nationalité, toute cette tension se relâchait brusquement. C'était fini. Je n'étais plus rien. Tout à l'heure, je me glisserais hors de ce jardin en direction d'une

station de métro, puis d'une gare et d'un port.
A la fermeture des grilles, il ne resterait de moi
que l'imperméable que je portais, roulé en boule,
sur un banc.

Je me souviens que les derniers jours avant sa disparition Jansen semblait à la fois plus absent et plus préoccupé que d'habitude. Je lui parlais et il ne me répondait pas. Ou bien, comme si j'avais interrompu le cours de ses pensées, il sursautait et me demandait poliment de lui répéter ce que je venais de dire.

Un soir, je l'avais raccompagné jusqu'à son hôtel, boulevard Raspail, car il dormait de moins en moins souvent dans l'atelier. Il m'avait fait observer que cet hôtel était à une centaine de mètres de celui où il habitait à son arrivée à Paris et que, pour franchir cette courte distance, il lui avait fallu près de trente ans.

Son visage s'était assombri et je sentais bien qu'il voulait me confier quelque chose. Enfin il

s'était résolu à parler, mais avec une telle réticence que ses propos étaient embrouillés et que
l'on aurait dit qu'il avait de la peine à s'exprimer
en français. D'après ce que j'avais compris, il
s'était rendu aux consulats de Belgique et d'Italie pour obtenir un extrait d'acte de naissance et
d'autres papiers dont il avait besoin en prévision
de son départ. Une confusion s'était produite.
D'Anvers, sa ville natale, on avait transmis au
consulat d'Italie l'état civil d'un autre Francis
Jansen, et celui-ci était mort.

Je suppose qu'il avait téléphoné de l'atelier
pour qu'on lui donne des renseignements supplé-
mentaires au sujet de cet homonyme puisque j'ai
retrouvé sur la page de garde du cahier où j'avais
répertorié ses photos les mots suivants, griffon-
nés de son écriture presque illisible, en italien,
comme si on les lui avait dictés : « Jansen Francis, nato a Herenthals in Belgio il 25 aprile 1917.
Arrestato a Roma. Detenuto a Roma, Fossoli
campo. Deportato da Fossoli il 26 giugno 1944.
Deceduto in luogo e data ignoti. »

Ce soir-là, nous avions dépassé son hôtel et

nous marchions vers le carrefour Montparnasse. Il ne savait plus quel homme il était. Il m'a dit qu'au bout d'un certain nombre d'années nous acceptons une vérité que nous pressentions mais que nous nous cachions à nous-même par insouciance ou lâcheté : un frère, un double est mort à notre place à une date et dans un lieu inconnus et son ombre finit par se confondre avec nous.

La Place de l'Étoile
prix Roger-Nimier
prix Fénéon
Gallimard, 1968
et « Folio », n° 698

La Ronde de nuit
Gallimard, 1970
et « Folio », n° 835

Les Boulevards de ceinture
Grand Prix de l'Académie française
Gallimard, 1972
et « Folio », n° 1033

Lacombe Lucien
en collaboration avec Louis Malle
Gallimard, 1974
et « Folio », n° 147

Villa triste
Gallimard, 1975
et « Folio », n° 953

Livret de famille
Gallimard, 1977
et « Folio », n° 1293

Rue des boutiques obscures
prix Goncourt
Gallimard, 1978
et « Folio », n° 1358

Une jeunesse
Gallimard, 1981
et « Folio », n° 1629

Memory Lane
(en collaboration avec Pierre Le-Tan)
P.O.L., 1981

De si braves garçons
Gallimard, 1982
Le Rocher, 1999
et « Folio », n° 1811

Poupée blonde
(en collaboration avec Pierre Le-Tan)
P.O.L., 1983

Quartier perdu
Gallimard, 1984
et « Folio », n° 1942

Dimanches d'août
Gallimard, 1986
et « Folio », n° 2042

Une aventure de Choura
(illustrations de Dominique Zehrfuss)
Gallimard Jeunesse, 1986

Une fiancée pour Choura
(illustrations de Dominique Zehrfuss)
Gallimard Jeunesse, 1987

Remise de peine
Seuil, 1988
et « Points Signatures », n° P261

Vestiaire de l'enfance
Gallimard, 1989
et « Folio », n° 2253

Voyage de noces
Gallimard, 1990
et « Folio », n° 2330

Fleurs de ruine
Seuil, 1991
et « Points », n° P162

Un cirque passe
Gallimard, 1992
et « Folio », n° 2628

Du plus loin de l'oubli
Gallimard, 1996
et « Folio », n° 3005

Dora Bruder
Gallimard, 1997
« Folio », n° 3181, et « Texte et dossier », n° 144

Catherine Certitude
(en collaboration avec Sempé)
Gallimard Jeunesse, 1998
« Folio », n° 4298, et « Folio Junior », n° 600

Des inconnues
Gallimard, 1999
et « Folio », n° 3408

Paris tendresse
(photographies de Brassaï)
Hoëbeke, 2000

La Petite Bijou
Gallimard, 2001
et « Folio », n° 3766

Éphéméride
Mercure de France, 2002

Accident nocturne
Gallimard, 2003
et « Folio », n° 4184

Un pedigree
Gallimard, 2005
et « Folio », n° 4377

28 paradis
(illustrations de Dominique Zehrfuss)
Éditions de l'Olivier, 2005

3 nouvelles contemporaines
(lecture accompagnée par Françoise Spiess)
(en collaboration avec Marie NDiaye et Alain Spiess)
Gallimard Éducation, « Texte et dossier », n° 174, 2006

Dans le café de la jeunesse perdue
Gallimard, 2007
et « Folio », n° 4834

L'Horizon
Gallimard, 2010
et « Folio », n° 5327

L'Herbe des nuits
Gallimard, 2012
et « Folio », n° 5775

28 paradis, 28 enfers
(illustrations de Dominique Zehrfuss
avec Marie Modiano)
Gallimard, 2012

Romans
Gallimard, « Quarto », 2013

Pour que tu ne te perdes pas
dans le quartier
Gallimard, 2014

IMPRESSION : CPI FRANCE
DÉPÔT LÉGAL : MAI 1995. N° 25260-5 (2049304)
IMPRIMÉ EN FRANCE

Éditions Points

le cercle

Le catalogue complet de nos collections est sur
Le Cercle Points, ainsi que des interviews de vos
auteurs préférés, des jeux-concours, des conseils
de lecture, des extraits en avant-première...

www.lecerclepoints.com

DERNIERS TITRES PARUS

P3000. Lettres d'amour en héritage, *Lydia Flem*
P3001. Enfant de fer, *Mo Yan*
P3002. Le Chapelet de jade, *Boris Akounine*
P3003. Pour l'amour de Rio, *Jean-Paul Delfino*
P3004. Les Traîtres, *Giancarlo de Cataldo*
P3005. Docteur Pasavento, *Enrique Vila-Matas*
P3006. Mon nom est légion, *António Lobo Antunes*
P3007. Printemps, *Mons Kallentoft*
P3008. La Voie de Bro, *Vladimir Sorokine*
P3009. Une collection très particulière, *Bernard Quiriny*
P3010. Rue des petites daurades, *Fellag*
P3011. L'Œil du léopard, *Henning Mankell*
P3012. Les mères juives ne meurent jamais, *Natalie David-Weill*
P3013. L'Argent de l'État. Un député mène l'enquête
       René Dosière
P3014. Kill kill faster faster, *Joel Rose*
P3015. La Peau de l'autre, *David Carkeet*
P3016. La Reine des Cipayes, *Catherine Clément*
P3017. Job, roman d'un homme simple, *Joseph Roth*
P3018. Espèce de savon à culotte ! et autres injures d'antan
       Catherine Guennec
P3019. Les mots que j'aime et quelques autres...
       Jean-Michel Ribes
P3020. Le Cercle Octobre, *Robert Littell*
P3021. Les Lunes de Jupiter, *Alice Munro*
P3022. Journal (1973-1982), *Joyce Carol Oates*